■陸上自衛隊 16式機動戦闘車

全長 8.45m
全幅 2.98m
全高 2.87m
総重量 約26,000kg
乗員数 4名
最高速度 100km/h以上

アメリカ陥落４

東太平洋の荒波

大石英司

Eiji Oishi

C★NOVELS

口絵・挿画　安田忠幸
地図　平面惑星

目次

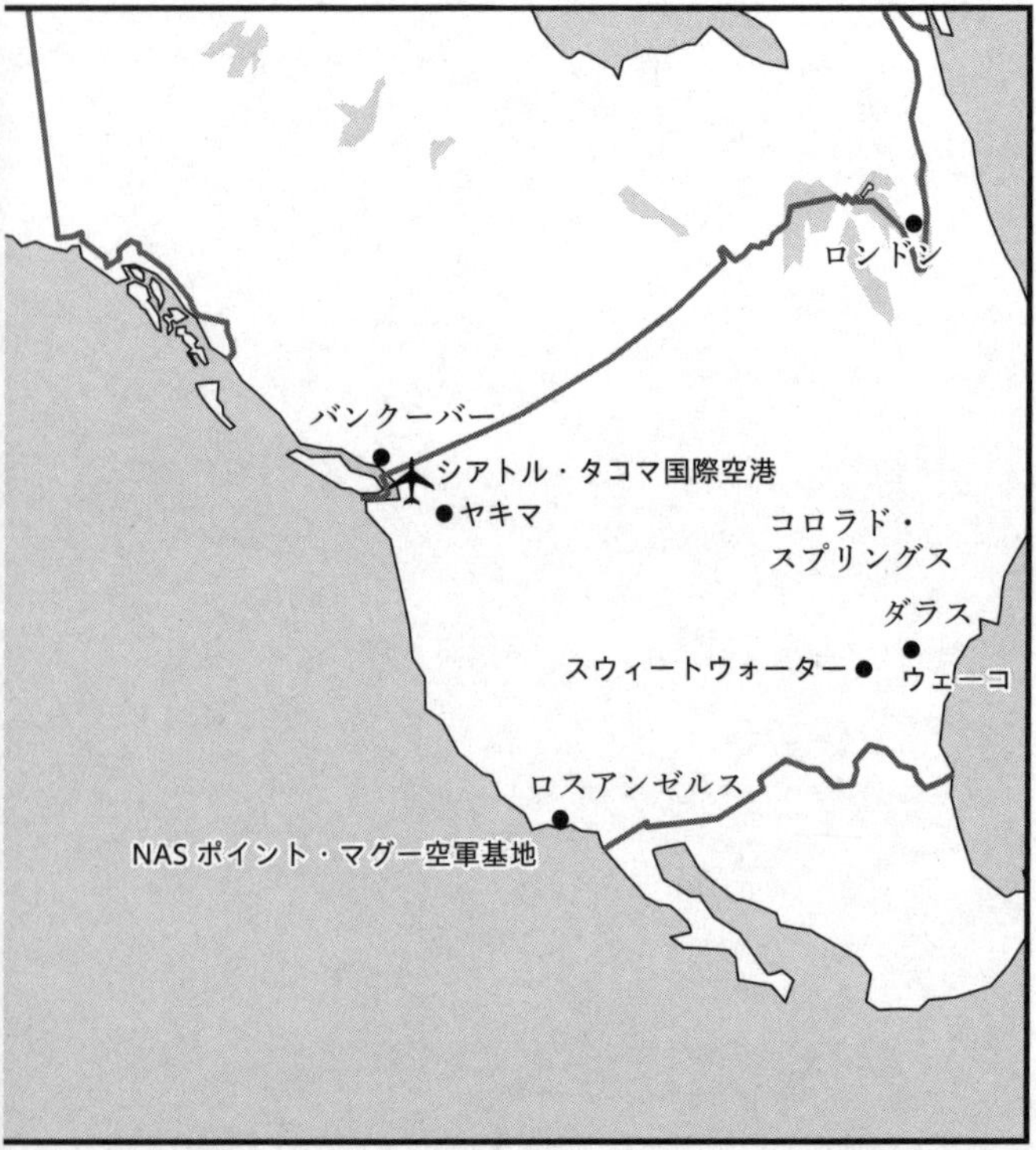
ロンドン
バンクーバー
シアトル・タコマ国際空港
ヤキマ
コロラド・
スプリングス
ダラス
スウィートウォーター
ウェーコ
ロスアンゼルス
NAS ポイント・マグー空軍基地

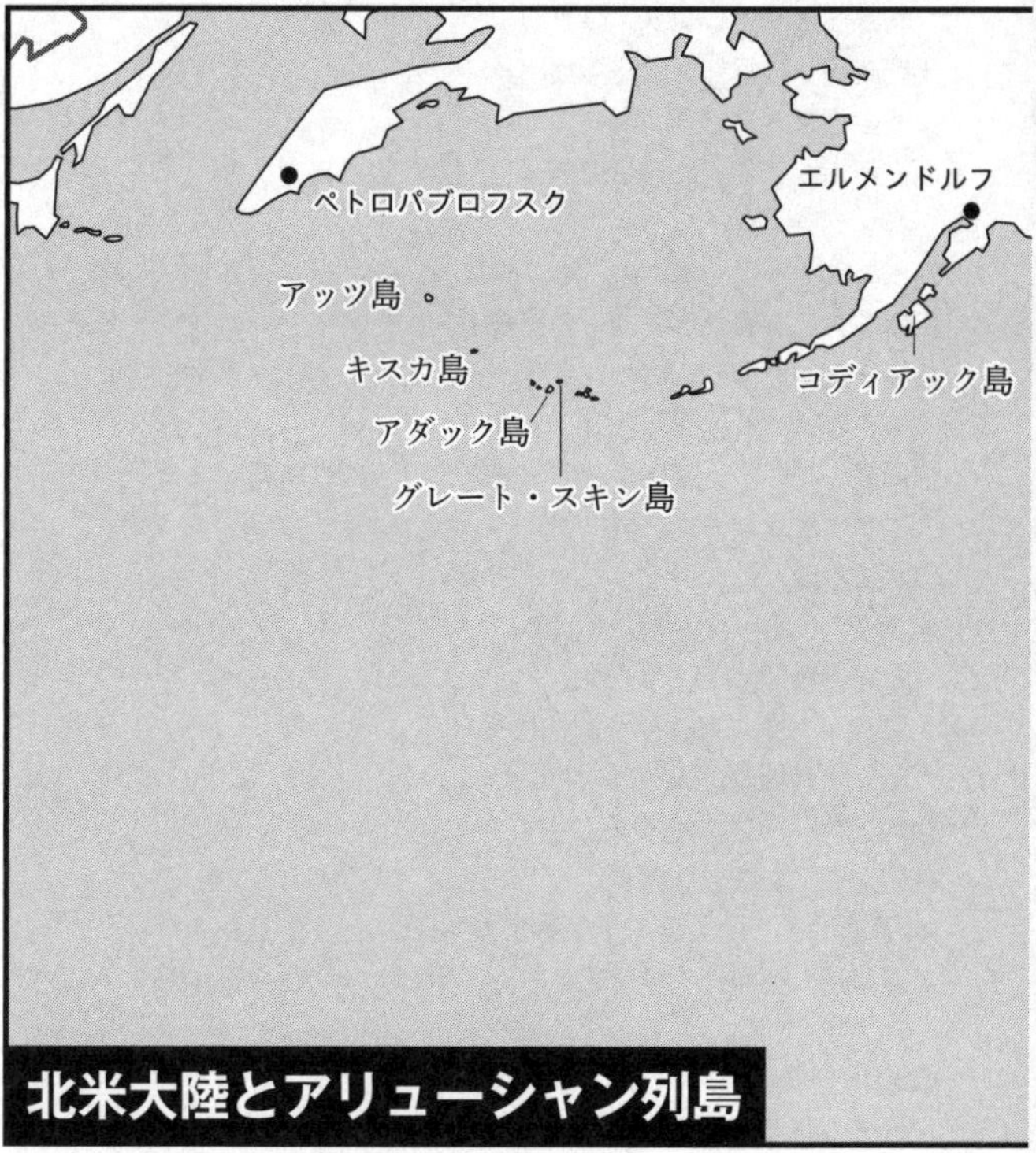

北米大陸とアリューシャン列島

登場人物紹介

【日本】

●陸上自衛隊

《特殊部隊サイレント・コア》

土門康平《どもんこうへい》　陸将補。水陸機動団長。コードネーム：デナリ。

〈原田小隊〉

原田拓海《はらだたくみ》　三佐。海自生徒隊卒、空自救難隊出身。コードネーム：ハンター。

待田晴郎《まちだはるお》　一曹。地図読みのプロ。コードネーム：ガル。

田口芯太《たぐちしんた》　二曹。部隊随一の狙撃手。コードネーム：リザード。

比嘉博実《ひがひろみ》　三曹。田口のスポッター。コードネーム：ヤンバル。

〈姜小隊〉

姜彩夏《かんあやか》　二佐。元韓国陸軍参謀本部作戦二課に所属。コードネーム：ブラックバーン。

〈訓練小隊〉

駒鳥綾《こまとりあや》　三曹。護身術に長ける。コードネーム：レスラー。

《水陸機動団》

司馬光《しばひかる》　一佐。水機団格闘技教官。

〈第３水陸機動連隊〉

後藤正典《ごとうまさのり》　一佐。連隊長。

権田洋二《ごんだようじ》　二佐。副隊長。

榊 真之介《さかきしんのすけ》　一尉。第１中隊第２小隊長。

工藤真造《くどうしんぞう》　曹長。小隊ナンバー２。

●海上自衛隊

《北米支援艦隊司令部》

井上茂人《いのうえしげと》　海将。護衛艦隊司令部幕僚長。

《第四護衛隊群》

・ヘリコプター搭載護衛艦ＤＤＨ-184〝かが〟（二六〇〇〇トン）

牧野 章吾《まきのしょうご》　海将補。群司令。

秦野信孝《はたののぶたか》　一佐。艦長。

仲野正道《なかのまさみち》　一佐。幕僚長。

喜久馬《きくま》真子《まさこ》　二佐。戦艦情報幕僚。

・むらさめ型護衛艦〝きりさめ〟（六一〇〇トン）

松浦《まつうら》伸吾《しんご》　二佐。艦長。

若林《わかばやし》海斗《かいと》　三佐。副長。

《第４航空群》

〈第３航空隊第31飛行隊〉

遠藤《えんどう》兼人《かねと》　二佐。飛行隊長。

佐久間《さくま》和政《かずまさ》　三佐。機長。

木暮《こぐれ》楓《かえで》　一尉。副操縦士。

野本《のもと》理沙《りさ》　三曹。

●航空自衛隊

村谷《むらたに》澄弥《すみや》　一佐。北米支援艦隊司令部航空幕僚。

〈第308飛行隊〉

阿木《あぎ》辰雄《たつお》　二佐。飛行隊長。ＴＡＣネーム：バットマン。

宮瀬《みやせ》茜《あかね》　一尉。部隊紅一点のパイロット。ＴＡＣネーム：コブラ。

●統合幕僚部

三村《みむら》香苗《かなえ》　一佐。統幕運用部付き。空自Ｅ－２Ｃ乗り。北米邦人救難指揮所の指揮を執る。

●在シアトル日本総領事館

土門《どもん》恵理子《えりこ》　二等書記官。

●ロスアンゼルス総領事館

藤原《ふじわら》兼人《かねと》　一等書記官。

【アメリカ】

●国家安全保障局《ＮＳＡ》

エドガー・アリムラ　陸軍大将。ＮＳＡ長官。

●エネルギー省

Ｍ・Ａ（ミライ・アヤセ）　通称・魔術師《ソーサラー》〝ヴァイオレット〟。Ｑクリアランスの持ち主。
レベッカ・カーソン　海軍少佐。M・Aの秘書。

●空軍
テリー・バスケス　空軍中佐。終末の日の指揮機《ドゥームズデイ・プレーン》〝イカロス〟指揮官。

●FBI
ニック・ジャレット　捜査官。行動分析課のベテラン・プロファイラー。
ルーシー・チャン　捜査官。行動分析課新人。

●ロス市警
カミーラ・オリバレス　巡査長。ヴァレー管区。

●テキサス州郡警察（ノーラン郡）
ヘンリー・アライ　巡査部長。
オリバー・ハッカネン　検死医。

●〝ナインティ・ナイン〟
フレッド・マイヤーズ　UCLAの政治学准教授。通称〝ミスター・バトラー〟。
ジュリエット・モーガン　動画配信ストリーマー。通称〝スキニー・スポッター〟。

●レジスタンス
リリー・ジャクソン　元陸軍中尉。ヘンリー・アライとは陸軍時代の同僚。

●その他
西山穣一《にしやまじょういち》　ジョーイ・西山。スウィートウォーターでスシ・レストランを経営。
ソユン・キム　穣一の妻。
千代丸《ちよまる》　穣一とソユンの息子。
アンソニー・キム　韓国系アメリカ人。
ダニエル・パク　下院議員。カリフォルニア州の大統領選候補。

ウメコ・アライ　ヘンリー・アライの伯母。

【カナダ】

●カナダ国防軍・統合作戦司令部《CJOC》

アイコ・ルグラン　陸軍少佐。日本人の母を持ち、陸自の指揮幕僚過程《CGS》修了。

イチロー・カワイ　陸軍軍曹。日系三世。

【ロシア】

●海軍航空隊　ツポレフ-95 R T 〝ベア〟

ボリス・イオノフ　中佐。航空機関士。

ヴィクトル・エフゲニフ　大尉。機長。

【中国】

●人民解放軍海軍

《東征《ドンヂャン》艦隊》 空母〝福建《フージン》〟（八〇〇〇〇トン）

賀一智《ホウイーチィ》　海軍中将。艦隊司令官。

万通《ワントン》　海軍少将。参謀長。

顔昭林《イェンジャオリン》　海軍大佐。航空参謀。

杜柏霖《ドゥバイリン》　海軍大佐。情報参謀。

黄誠《ホアンチェン》　海軍大佐。政治将校。

徐宝竜《シューバオロン》　海軍中佐。フリゲイト〝九江《ジウジアン》〟艦長。

張凱《ツァンカイ》　海軍少佐。〝九江〟副長。

唐慶林《タンチンリン》　海軍中佐。フリゲイト〝宜興《イーシン》〟艦長。

馬東明《マドンミン》　海軍中佐。フリゲイト〝日照《リーヂャオ》〟艦長。

《海軍陸戦隊》 075型揚陸艦〝海南《ハイナン》〟（四七〇〇〇トン）

楊孝賢《ヤンシャオシェン》　海軍中佐。隊長。

王高遠《ワンガオユエン》　海軍少佐。副隊長。

張旭光《チャンシューグアン》　海軍大尉。小隊長。

アメリカ陥落4　東太平洋の荒波

プロローグ

テキサス州ダラスから南へ八〇マイル下ったマクレナン郡ウェーコ。人口一三万人。テキサス州を構成する自治体としては、大きくもなく小さくもないありふれた街だ。

　全米的には、一九九三年に発生した、カルト教団と連邦捜査局《FBI》の攻防戦となったウェーコ事件の街として記憶される。ATF、アルコール・タバコ・火器及び爆発物取締局の捜査官四名と、八〇名を超える信者が死亡し、教団施設を包囲したFBIは、世論や議会の批判に晒され、FBIの歴史に残る一大汚点となり、後に数多の刑事ドラマに素材を提供することとなった。

　最高気温は、春先から半年にもわたって華氏一〇〇度を超える。というより、ここには春や秋はない。ほんの二、三ヶ月の冬から一気に真夏へと移行するのだ。

　今、街を出て南へと走るハイウェイ6号線は、分岐して東へと向かう164号線と別れた辺りで、少し渋滞が緩和された。

　渋滞と言っても、ウェーコを通ってダラスへと向かう上りルートのみだ。ここから南へ下り、大都市ヒューストンへと向かう車は、ほとんどがトラック他の営業車だった。

　この辺りは、土地の起伏はなく、三六〇度どこを見渡してもフラットで殺風景な景色だ。だが文明が無いわけではない。ほとんどの土地は耕作地として耕されている。

暑いのは仕方無い。それがテキサスだ。そして、この辺りはまたハリケーンとトルネードの発生地帯でもある。ドライバーは常に後ろも警戒し、ラジオのトルネード警報にも注意する必要があった。

東洋人家族が乗る一台のヒュンダイ・ソナタが南へと向かっていた。テキサス州西部のスウィートウォーターという小さな町を出発した〝ソナタ〟は、いったんダラスへと向かったが、ダラス市内へと向かう酷い渋滞に巻き込まれて身動きが取れなくなった。

ガソリンも底を突きかけ、給油所の長い行列に並んでまた時間を浪費し、ようやくここまで辿り着いた。何のトラブルもなければ、たぶん半日もかからないだろうここまで、二日も足止めを食らい、車中泊で三日目の朝を迎えていた。

今日も朝からすでに気温は、華氏一〇〇度を超えている。

日本人のレストラン経営者、ジョーイ・西山《にしやま》こと西山穣一《じょういち》は、華氏一〇〇度を、だいたい摂氏四〇度と覚えていた。正確には摂氏三七・八度だが、似たようなものだ。一時間もしないうちに摂氏四〇度を超えることだろう。

車を出るのは億劫になるし、車のエアコンが止まるのは恐怖だ。燃料切れは、真夏のテキサスでは間違い無く脱水症に陥ることを意味する。燃料が尽きそうになったら、せめてどこか木陰を探してハイウェイから脱出するしかなかった。

助手席には妻のソユン・キム。元は在日韓国人だが、十代で渡米した彼女はすでにアメリカ国籍を持つし、英語も問題無い。息子の千代丸《ちよまる》は、まだ幼いので、日本語がメインだ。そのことで、ソユンとはしょっちゅう喧嘩になる。

別に日本人学校に通わせるわけではないのだから、ソユンは、子供と話すときは英語に限るべきだといつも主張していた。

だが、夫婦の会話はいつも日本語メインだった。

アメリカは、今壊死しかけていた。大統領選挙の有効性を巡る各州の大陪審判決が同日に出そろった途端、各地で暴動が発生した。ワシントンDCは催涙ガスで満ち、議事堂は焼け落ちた。大統領はホワイトハウスの地下に留まっていたが、そのホワイトハウスの治安は、英国から派遣された英国軍海兵隊によって守られている。

そしてニューヨーク・マンハッタン島は、略奪の街と化し、橋は焼け落ち、島外へと出るトンネルは黒煙を吐き出し、命からがら島を逃げ出す住民は、辛うじて運行している定期船乗り場まで、決死の脱出行を強いられていた。

全米の送電網が破壊され、電気がある州は限られる。カリフォルニア州は停電しているし、もちろん東部各州も。

それなりの規模の州で唯一、電力が維持されているのは、ここテキサス州のみだった。潤沢な税収を元にした長年のインフラ投資のお陰だった。

携帯も、州外との接続は難しいが、州内ではそこそこ通じる。問題はインターネットで、メールはまず使えないし、検索サイトも落ちている。

州政府は、ラジオなどで州政府の広報を聴くように訴えていた。

電気がある、則ち文明社会が残っているということで、ここテキサスは全米から避難民が殺到していた。許可のない航空機が強行着陸して炎上事故も起こせば、避難所が溢れかえり、州知事は、一時的に州境の封鎖も命じていた。

アメリカ軍内部にも民主共和の対立があること

から、アメリカ軍の陸海空海兵隊部隊のほとんどが出動を禁じられていた。

どこの州でも、治安維持はもっぱら州兵に頼っている。だが、ここテキサスは、他の州から見れば天国には違いなかった。彼らは、もっぱら避難民の受け入れに頭を悩ますだけで、この異常気象が続く真夏に、エアコンの心配をする必要は無かったし、大規模停電のせいで、エアコンや上下水道が止まることも心配せずに済んだ。

ニューヨークでもロスアンゼルスでも、それらはすでに動いていないのだ。アメリカ人の八、九割が、この一週間、安全な水と、清潔なトイレ、通信ネットワーク、そして何より電気の無い暮らしを強いられていた。

だが、ここテキサスには、ガソリンも、あるにはあった。避難民が殺到したことで、その入手に支障を来しつつあったが、州政府は繰り返し、ここテキサスは石油の産地で、精製所も十分に操業を維持していると広報していた。

もっとも現実として、路肩で乗り捨てられる乗用車は増えていた。ガソリンを巡って銃声が聞こえてくることも一度や二度では無い。

ハンドルを握る西山も、夜間の走行は諦めるしかなかった。しかも、ガソリンはつねにカツカツの状態だ。

このまま、せめてダラスへと引き返すべきだったが、その燃料も無かった。

ノロノロ運転する対向車のドライバーたちが、ある一点を見詰めていることにソユンが気付いて、助手席から後ろを振り返った。黒い筋が、地面から空へと伸びている。

「信じられない！　こんな時間から竜巻が起こるなんて」

「日本じゃ、夜中にだって竜巻は起こっていたと思うぞ。こっちに来そうなのか？」

「竜巻警報も当てにならないわね。こんな田舎のことまで注意しちゃくれない」

西山家は、ローンを組んで買ったばかりの家を、つい一週間前に竜巻で失った。西山は、自分の愛車まで吹き飛ばされて、今は仕方無くこうして妻の車に乗っているのだ。賃貸物件で経営しているレストランを除けば、この型落ちの中古ソナタが、ほとんど唯一の西山家の財産と言って良かった。

「こっちに向かってきそうか？」西山は二度、同じことを聞いた。

「左右にぶれているようには見えないわよ……」

ということは、こちらに直進してくるということだ。下りは流れてはいるものの、右側は線路があり、どこでも右折が出来る道ではない。逃げるとなったら、どこかで上り車線を横切って左に逃げるしかない。

前を走っていた車両が何台か、そうやって左折していった。

「どうすんのよ！」

西山は、減速しながらバックミラーをちらちら覗き込んだ。

「左折準備しつつ、路肩に外れて止まろう——」

そんなに大きな竜巻じゃない。少なくとも、自宅を破壊した竜巻ほどじゃなかった。そのお陰で、中古で買った家の壁に、死体が埋め込まれていたことが判明したが。

ここはアメリカだ。ＦＢＩまでやってきたが、その犯人が見つかることはないだろうと思った。

路肩に止め、エンジンは切らずにおいた。晴れていた空がだんだんと薄暗くなり、雨粒がフロントガラスに落ちてくる。

後部座席の千代丸のチャイルドシートを確認し、西山は、背後から迫る竜巻をじっと睨み付けた。

「ずれている、ちょびっとだけどずれているぞ！」

「本当に？」

「ほら、東へとずれている」

道路に沿って走る電線が激しくしなっている。こりゃ停電は避けられないなと思った。

藤田スケールで言えば、そんなに大きくないと思った。F2くらいの規模だ。自宅を襲った竜巻は、間違い無くF5の最強クラスだった。

風が激しく車体を揺らし始めた。窓が割れそうなほど横殴りの雨粒が叩きつける。だが、ソナタは持ち堪えた。竜巻は、二キロかそこいら逸れて東へと移動していった。

「で、どうするのよ？　残りのガソリンじゃ、ヒューストンの半分までも走れないわよ。ガス・ステーションはどこも長蛇の列だし……」

所々に、黒焦げの車が放置されている。たぶんガソリンの給油に失敗して炎上したのだろう。この炎天下ではあっという間にガソリンは気化して、何かの弾みに着火する。

「ヒューストンに近づけば、ガス・ステーションも余裕があると思うぞ。とにかく、行ける所まで行くしか無い」

車を出そうとした瞬間、ピックアップ・トラックが一台現れ、前方を塞ぐように斜めに入ってきて止まった。荷台には、ドーム状のタンクが乗せてある。白く塗られ、大きく〝ＭＩＬＫ〟と描かれているが、どう考えても、中身が牛乳には思えなかった。

「こういう車を何台も見掛けたけど、あれ絶対、牛乳じゃないわよね……」

「ああ、そうだな。いくらふっかけてくるつもりだろう」

Ｔシャツに短パン、白髪頭の老人が、カウボーイ・ハットを被りながら運転席から降りてくる。アジア系の小柄な老人だった。腰には、ごついリボルバー拳銃を下げていた。

　西山は、運転席の窓を少し下げた。妻は、ダッシュボードに隠し持ったピストルのことを一瞬考えた。レストランの板前さんから譲り受けたものだ。

　サングラスを外した老人は、「あんたたち韓国人か？」と尋ねてきた。

　西山は、それには答えず直球で「いくら？《ハウマッチ》」と聞いたが、妻は「イエス！」と同時に答えた。

「心配するな。子連れの同胞から金は取らん。この数日、たっぷり儲けさせてもらったから。ここは目立つ。そこの林で右折して線路を渡ってくれ。付いてこい！」

　老人は、後部座席の千代丸に手を振りながらそう言って自分の車に戻った。

　ソユンは、ほっと胸を撫で下ろした。

　右折して林の影に入ると、エンジンを止め、二人は外に出た。

「こういう車というか燃料車は、違法ですよね？」とソユンが恐る恐る聞いた。

「ああ。でもアメリカって所はさ、この腰のピストルのオープン・キャリーみたいに、抜け道はいつも探せるものさ。アメリカのいくつかの州では、オープン・キャリーのライセンスさえ取れば、こうやって白昼堂々とピストルを持って街を出歩ける。俺は持って無いけどね。でも、このタイプの車を見掛けたら、近寄らない方が良いぞ。タンクはそれなりに頑丈に作ってあるが、玉突き衝突にでも巻き込まれたら、ガソリンがあっという間に漏れ出して、ドカン！　だ。ボン！　じゃなくドカン！　と爆発する。素人があちこちで車同士で給油しているせいで、火が点いている。ここは、石油の州だが、こう暑くなると、ガソリン車はもう危険だな」

「どうして韓国人だと？」

「日本人は韓国車には乗らないだろう。日系人も割と避ける。中国系は金持ちが多いから、ここいらじゃドイツ車だな。あんたもアメリカで産まれたわけじゃなさそうだが」

ソユンは自己紹介し、避難してくる旦那の友人家族を出迎えに、スウィートウォーターから州外へ向かっていることを教えた。

「州外って、どの辺りまでだ？」

「ルイジアナを通って、ミシシッピ州辺りまで」

「そりゃ無茶だ！」と老人は笑った。

「ミシシッピなんて、燃料を巡って殺し合いになっているという噂だ。うちの業界で、どうにか隣のルイジアナまで燃料を運べないかといろいろやっているが、現状じゃ、州内に殺到する避難民に食わせるので精一杯でな」

アンソニー・キムと名乗った老人は、ガス・ステーションを四軒経営する韓国系アメリカ人で、ベトナム戦争前に移民として一家で渡米してきた。親はクリーニング店からスタートし、息子の自分はやっとここまで来た。

経営するガス・ステーションでは、法外な価格を取り締まる州政府からの厳しい通達と監視があるので、こうやってバイトして稼いでいる。実際、燃料が切れて立ち往生する車は後を絶たないので、警察も黙認しているという話だった。

今朝は二巡目の商売に出かける途中で、ダラスからの下り車線を走って止まっている韓国車は変だと思ったらしい。上り車線を走って路肩で商売を始めると、たちまち行列が出来て目立つし危険なので、今は一台一台誘導して物陰で給油することにしているとのことだった。

このタンクひとつ分で、数日分の店舗の売り上げがあるとの話で、相当にふっかけているらしい。車の燃費は年々改善され、ハイブリッド車や電気自動車も流行る。この商売に未来はないことはわかり切っていたから、息子たちには継がせなかったということだ。

ソユンは、自分の店の名刺を手渡した。老人も名刺を差し出す。

「裏面に四軒分の小さな地図が入っている。ヒューストンの街外れにも一軒ある。もし帰りにそこまで辿り着けるようなら、後の心配は要らない。韓国車には優先して給油するよう命じてある。もしその時まだ、携帯が通じるようなら、私に電話してくれ。州境だろうと、ガス欠なら誰かを迎えにやらせるよ。気を付けろ。とにかく、テキサスは避難民で溢れかえっている。この状況で大停電にでもなったら、一気に治安は悪化する。そうなったらむしろ、州外に留まってじっとしてる方が安全かも知れない」

老人は、結局、車を満タンにしてくれて去っていった。

「さて……、これでどの辺りまで行ける？」

と西山はソユンに聞いた。ナビ・システムはあったが、サーバーがダウンしているらしく、記憶メモリに入った地図しか表示されない。

ソユンはそのマップを東へと移動させた。

「このノロノロ運転で走ったとしても、たぶんルイジアナの東端のニューオリンズまで辿り着いて、テキサスの州境まで戻ってこられる感じかしら……。でも、肝心のタシロさんと連絡が取れないんじゃ、どこでどう落ち合うのよ？　もうすれ違っているかも知れない」

「州内は携帯も固定電話も使える。テキサス州まで辿り着けば電話をくれるさ。それが無理でも、当てはある。会社員時代に、二人で回った工場とかに向かうはずだ」

「そう事前に決めたわけじゃないんでしょう？」

「俺ならそうする。奴もそうするさ！」

　エンジンを掛ける。ラジオを点けて最新のニュースを聞くが、入ってくるのはもっぱら州内の情報だけで、州の外がどうなっているのかは全く情報が無かった。

　時々、避難民に向けて、受け入れ可能な避難所の場所をアナウンスしていたが、州政府の公式な立場としては、これ以上の受け入れは不可能なので、テキサス州へ向かうのは止めてくれと訴えていた。空港は閉鎖されているし、州外とを結ぶ幹線道路は、警察によって時々閉鎖されるゲート・コントロールが行われていた。

　アメリカ政府が統治機能を失ってから、すでに一週間が経過していた。アメリカ全土で、〝盗まれた選挙〟による偽者の大統領の追放を叫ぶ通称〝99《ナインティ・ナイン》パーセント〟、あるいは〝セル〟を自称するネオコンに煽られた暴徒たちが暴れ回っていた。

　ここテキサスは、もともと共和党の地盤だが、幸い電力と通信インフラが無事なお陰で、辛うじて平和が保たれている。だが西海岸の沖では、中国海軍の空母機動部隊が活動し、出動を禁じられたアメリカ軍に代わり、自衛隊がそれらの抑制と、各州での治安活動に当たっていた。

　日本政府は、アメリカ政府から、無制限最大規模の軍事的援助を要請されていた。だが、初期出動可能な部隊は限られ、対する暴徒の数はあまりにも多すぎた。

第一章　コロラド・スプリングス

陸上自衛隊第1空挺団第403本部管理中隊・その実、特殊作戦群特殊部隊〝サイレント・コア〟を率いる土門康平《どもんこうへい》陸将補を乗せた航空自衛隊のC-2輸送機は、標高二〇〇〇メートルに位置するコロラド州コロラド・スプリングス米空軍士官学校飛行場に着陸するため、高度を落とし始めていた。ロスアンゼルス、NASポイント・マグー海軍飛行場から往復四時間の移動だった。そのC-2輸送機は、ラピッド・ドラゴンと呼ばれる対地攻撃ミサイル・システムを機内に搭載していたため、〝ジャズム・ワン〟のコールサインを与えられていた。

今も、そのミサイルが三発入った六発用のコンテナを搭載したままだった。

機内後方には、死体袋が一つ置かれていた。LAX、ロスアンゼルス国際空港を守る韓国軍部隊を指揮していた柳輝昭《ユフィソ》韓国陸軍退役少将の亡骸が入っていた。末期癌による自然死だったが、部隊とは少なからず縁があった人物ということで、土門自らが、その遺体に付き添うことにした。そして、土門以上に因縁があった、部隊ナンバー2の姜彩夏《かんあやか》二佐も乗っていた。だが二人とも制服姿ではなく、戦闘服姿だった。

手ぶらで降りるわけにはいかなかったので、パレット一つ分の支援物資も搭載していた。日本から運んだ、主に医療物資だった。

もとは陸軍航空隊としてスタートした米空軍士官学校は、コロラド州第二の都市の北に位置する。その飛行場の滑走路は短く、一三〇〇メートルしかない。しかも空気が薄いこの標高では、機体の低速性能と、パイロットの技量が求められる。民航の旅客機が離着陸できる長さではなかった。

だがもちろん、短距離離着陸《STOL》性能に優れるC-2輸送機なら問題はない。着陸すると、まずそれなりの棺桶が、士官学校の学生らによって機内に運び込まれた。士官学校側は、韓国国旗と儀仗兵まで用意してくれていた。国旗が棺に掛けられ、儀仗兵に担がれて機体から降りる。その棺桶を担ぐ一人は、娘婿としてここで朝鮮戦争空戦史を教える韓国空軍中佐だった。

士門は、喪服を着た遺族にほんの一言弔意を伝えただけだったが、姜二佐は、強ばった表情で、自分はかつて韓国陸軍軍人であり、お父上を直接知る立場にあったことを告白した。

「ああ、あの騒動の時の……」と遺族も複雑な反応だった。しかし一瞬間を置いて、「父も貴方に看取ってもらえたのなら本望だったことでしょう」と頷いた。

小学生くらいの、柳将軍の孫も二人そこにいた。妻を亡くしてまだ日が浅い将軍は、ほんの一週間前、ここで家族とのひとときを過ごしたばかりだった。

韓国軍では、兵役経験者を率いて戦った陸軍参謀本部作戦課長のエリート大佐が一人戦死していた。

空から強行着陸し、ターミナルに押し入ってきたブラジルのカルテルはアサルト・ライフルやRPGまで持つ強武装で、薬物を服用して抑制も効かず、次々と避難民を殺戮し始めた。駆けつけた自衛隊も手数で及ばず、ターミナルの端っこに留まる邦人避難民を守るのが精一杯だったが、自国民保護を名目に突然現れた中国海軍の海軍陸戦隊や、地元のボランティア・グループの加勢も得てどうにか敵の排除に成功していた。そこにアメリカ軍兵士は一人もいなかった。もとからそこにいた空港警備部隊も潰滅した後だった。

　土門らが飛行場に留まったのは、ほんの一五分だった。棺が車に載せられ、遺族とともに走り去っていく姿を敬礼で見送ると、土門は機内へと引き返した。

　暑かった……。

「高度二〇〇〇メートルの午前中だというのに、もう摂氏三〇度越えだそうだ」

　壁際のキャンバス地のシートに腰を下ろすと、姜二佐は「そうですね……」と虚ろな表情で応じた。

「ナンバー・ツー。一度しか聞かないが、大丈夫だろうな？」

「ええ。もちろんです。全て終わったこと、過去のことですから」

「そう願うよ。この件は終わりだ」

　この飛行場からほんの三〇キロ南に、シャイアン・マウンテン空軍基地がある。かつて北米防空司令部《NORAD》がその山中にあった場所だ。部隊自体はすでに近くに引っ越した後だ。街を挟んで東側にあるピーターソン空軍基地へと移動していたが、ここは地下深い施設で敵の電磁波攻撃に強いということで、今もあれこれ秘密めいた施設が置かれているという噂だった。いずれにせよ、空軍士官学校から南は制限空域なので、機体は北へ向かって離陸した。

　土門は事前に、西海岸からコロラド・スプリングスへと至るルート上を飛ぶよう要請していた。

付近は、標高三〇〇〇メートル級の峰々が連なる。

冬のスキーリゾート地アスペンを経由してコロラド・スプリングスに入る州道82号線は、渋滞こそしていないものの、東へと向かう車が連なっていた。

土門はコクピット背後に立つと、機体が傾いた瞬間に、そのアスペンのリゾート地の景色を見遣った。

プリウスの航続距離ですら、西海岸からここまでたどりつくのは無理だろう。道は曲がりくねっている。たぶん一五〇〇キロ以上は走る必要がある。プリウスより長い航続距離を持つ日本車はいくつかあったはずだが、アメ車は概して航続距離が短い。車体が日本車より大きく重たくなるせいで、せいぜい一〇〇〇キロ以下だ。彼らはいったいどこで給油しているのか？　そして、どこまで避難すれば満足するのだろうと思った。

〜

アメリカで一旗揚げようと頑張っている西山夫妻がレストランを営むテキサス州ノーラン郡スウィートウォーターは、人口一万の小さな町だ。その町から西へ三マイル荒野を走った場所にアベンジャー・フィールド飛行場がある。テキサス陸軍飛行場として生まれ、やがて全米初の陸軍女性パイロット養成所となった由緒正しき飛行場だ。

スウィートウォーターの東にあるテイラー郡アビリーンは人口一二万人。郡庁所在地なので、独自の検視官事務所も持つ。

そこで定年を迎えた検死医オリバー・ハッカネンは、アビリーン市から派遣された二台の救急車の荷台に乗って、その飛行場で待機していた。重症患者搬送用の特別仕様車だった。

双発の小型プロペラ機、パイパー・セミノールがほぼ真北から着陸してくる。途中で誘導路へと折れ、エプロンへと入ってきてエンジンを止めた。

白衣姿のハッカネン医師は、日傘を差して救急車を降りた。パイパーの前席には黒人の女性パイロットとナース、後部座席には痩せ衰えた病人が乗っていた。二人とも白人だったが、ぐったりして景色を楽しむ余裕も無さそうなほどに青白い表情だった。

「良い飛行場だわね。いつかここに降りたいと思っていたのよ」

パイロットスーツ姿のリリー・ジャクソン元陸軍中尉は、サングラスを外しながらハッカネン医師に告げた。

「ええと、君が例の大麻の運び屋さん？　去年だか、ここの留置場にぶちこまれたとかいう」

「そうです。あくまでも大麻の運び屋です。貴方が、そのヘンリーの父親と一緒に働いていたという……」

「そうだ。アライ刑事というか、父親の方のな。私は死体の専門家で、生きている人間を診るのは医学生時代以来だが、何しろこちらも避難民が溢れて医療従事者も人手不足なのでね。君がつまりヘンリーの陸軍時代の同僚というわけだな。縁があって良かった。このＬＡからの重病人受け入れは、州の正式な許可と支援を受けている。だから、君たちの普段の行動は一切問われない。たとえ大麻の運び屋でもな」

とハッカネンが笑った。もちろん、ハッカネンは事実を知っていた。大麻は、それ以上司法機関に追及させないためのアリバイで、彼女がここテキサスから運んでいたのは中絶希望の女性たちだった。中絶が違法化された州から、まだ合法な州への人間の密輸が彼女の普段の仕事だった。

ナースが、救急隊員に紙の治療ファイルを手渡し、二人の患者を素早く救急車に乗せ替えた。

「それと、君らの機体は、ここで燃料補給を受けられるし、帰りは空荷だろうから、こちらから提供できる物資を持ち帰ってもらう。病院の自家発電装置で使ってもらうための燃料を用意した。五ガロン缶を積める所に積んで持ち帰ってくれ。まあ、大病院だと、ほんの数時間動かす程度かも知れないが……」

「有り難いです。最低でも四缶か五缶は積めるでしょう」

「LAは大変そうだな」

「昨夜は、LAXで激しい銃撃戦となって、陸軍時代に選抜射手《マークスマン》だったヘンリーが大活躍したそうですよ」

「そりゃ良かった。父親も鼻が高いだろう。治安が回復する目処はあるのかね？」

「日本の自衛隊も入り、われわれの仲間は、確実に治安回復エリアを拡大しています。特に昨夜の活動は凄かったらしいですよ。情け容赦なく略奪者を撃ちまくったそうだから。私は他所の飛行場で寝てましたけどね。

LAは、あらかた略奪は終わって奪うものも無くなった。しかし、電力次第ですね。早く電力を復旧させないと。それと、この後、双発のちょっと大きいツイン・オッターが降りてきます。ベッドを三台設置して、ベッドに患者を寝かせたままサイドのハッチから収容できる特別仕様機です」

「君らはなんでそんなに資金が潤沢なんだ？」

「カリフォルニア州も、暮らしている人々の99パーセントは、貧困ラインぎりぎりの暮らしを強いられている。でも残る一パーセントの持てる階層は、本当にべらぼうにお金持ちです。毎朝、百ドル札でケツを拭けるほどに。われわれはただ笑顔でそのお金を受け取り、有効に使うだけですよ」

「ま、国が分裂するわけだね。君ら、組織に名前はないのか?」

「ありません。名前を付けると、秘密漏洩のリスクが高まる。名前が無ければ、秘密が漏洩することもない。自分たちは単に、ボランティアとか、そう呼んでますね。大概は、セクション・リーダーの暗号名で情報は伝達できますから」

ハッカネンは、ジャクソンが給油と離陸準備を終える前に救急車に乗り込んで去っていった。いつもは、中絶反対派の妨害を警戒して、でこぼこしている農道空港に着陸し、人間を乗せてそそくさと離陸するだけだ。その場に五分と留まることはない。給油もLAに引き揚げてから。

着陸した先で、こんなにのんびり出来るのは初めてだったし、他人の目を気にせずに済むのは楽だった。それもこれも、重病人のLA脱出に関して、地元当局との間を取り持ってくれたヘンリー・アライ刑事のお陰だ。そのアライ刑事とFBI捜査官二人をこの町から前日LAに運んだのは自分だった。彼らがどんな任務で、混乱の最中のLAに急ぐ必要があったのか知らないが、無事に仕事を終えて早くLAを脱出してくれれば良いと思った。帰りもまた自分が送ってやると伝えておかねばならないだろう。

LAは、医薬品はまだかろうじて確保できていたが、停電が長引いたせいで、医療措置が継続できない状態に陥っていた。患者の状態をモニターするのも今は昔ながらの人力に頼るしかない。点滴の類いは重力に任せられるが、複雑な治療とモニターには電気が不可欠だ。

急患も増えるばかりで、プロペラ機で一千マイル四時間のフライトに耐えられる患者は、電気があるテキサスに移動させるのがベストな選択だった。

　リリー・ジャクソンは、助手席とバックシートに五ガロン缶合計五つを固定してアベンジャー・フィールドを離陸した。この日はもう一回往復する予定で、帰りは暗くなるはずだ。滑走路は真っ暗闇だが、仲間たちが車のヘッドライトで滑走路を照らしてくれることになっていた。

　そのロスアンゼルスでは、ヘンリー・アライ刑事、FBI行動分析課のベテラン・プロファイラーのニック・ジャレット捜査官、新人プロファイラーのルーシー・チャン捜査官が、丸一昼夜、苦楽をともにした地元ロスアンゼルス警察《LAPD》の外回り警官のカミーラ・オリバレス巡査長と、別れを惜しんでいた。

　一行が乗ったニッサンNVパッセンジャーは、LAXに近い街で、武装した地元住民らが守る小学校の正門に乗り付け、オリバレスは、そこに避難していた一人娘との再会を果たしたばかりだった。

　オリバレス巡査長を含めて、全員が大量の火薬の滓にまみれていた。それほど激しい銃撃戦を一晩中、随所で繰り広げた。

　チャン捜査官は、そこで四人揃っての写真を住民に撮ってもらった。

「ヴァレー管区とか言っていたか？　何なら署まで送っていくぞ？」

　とジャレット捜査官が告げると、オリバレスは「冗談は止してよ！」と身をよじった。

「ニック、そもそもヴァレー管区がどこかも知らないでしょう。ハリウッドのまだずっと北よ。辿り着くまで、アサルトのマガジンをあと数十本空にする必要があるわね。私は今日は、娘を連れて帰り、家の無事を確認し、銃を抱いて暗くなるまで眠ることにするわ」

「寂しくなるわ！　カミーラ……」

と小柄なチャン捜査官はオリバレスに抱き付いた。

「あんたたち、もしDCとテキサスの遠距離恋愛を成就させて結婚するようなら、パーティに私も呼んでよね」

「先の話になりそうだ……」

とアライ刑事は笑った。

「でも、命がある内にここを脱出した方が良いわよ。捜査なんて平和な時だって出来るし、あんたたちが追い掛けている犯人は、この国から逃げ出すこともしないでしょう」

NVパッセンジャーは、前後を地元ボランティアの武装車に守られていた。

LAXの周囲は、驚異的な速度で治安回復していた。


車に戻ると、アライが運転席に座った。ずっとそうだった。アライが運転、巨漢のジャレットがM-4カービンの銃口を窓から出して威嚇。チャン捜査官は後ろからナビという役割分担だ。

「どういうルートになる？」

「いったんLAXまで下がり、105号線を東へと走ります。110号線に乗って北上。そこからのルートは、すでに五マイル前後、サンクチュアリが広って安全になっているはずです。リトル・トーキョー周辺がどうかは不明ですが、昼過ぎには辿り着けるでしょう。運が良ければ、夕方にはセントラルの官庁街まで行けるはずです」

「FBI支局が無事だと良いが……」

「ここから真っ直ぐ北に走れば近いですよ。たぶん、三マイルもない。歩いても二時間掛からない。LAのダウンタウンやセントラルと言っても広いですよ。FBI支局はUCLAのすぐ近くですが、官庁としてはだいぶ端っこにある」

「自衛隊のドローンで偵察してもらうんだったな。結局、彼らと直接話す機会もなかったが」

ラジオを点けると、ワッツから発信されている FMラジオが更に出力を上げていた。安全が確保されたエリアごとに、医療支援が得られる場所や食料援助基地の場所を案内していた。そのリーダーは老練な公民権運動の闘士だ。全米の中絶支援活動として秘密裏に始まったこの活動は、まるでレジスタンス活動のような広がりを見せていた。

混乱から秩序を回復するためのレジスタンスだ。LAXの治安も、彼らの活動無くして回復はしなかった。彼らが連れてきた地元のギャング団が、ブラジルからやってきたカルテルの戦闘員を駆逐したのだった。

一行は、LAXの滑走路を右手に見ながら引き返した。滑走路上では、炎上した機体の後始末がすでに始まっていた。今日中に、空港機能を復旧させるとのことだった。今も一〇万人以上の外国人が、ここからの脱出を望んで厳しい避難生活に耐えていた。

土門陸将補と姜二佐を乗せたC - 2輸送機は、NASポイント・マグー海軍基地に着陸すると、二人を降ろし、LAXからヘリで運ばれてきた各国の重症者を乗せてシアトルへと向けて離陸して行った。そこで民航機に乗せ替えるとのことだった。

エプロンに止まっている連結型指揮通信&ライフ・サポート車両の〝メグ〟&〝ジョー〟の〝メグ〟に乗り込む。

車両自体は、カムフラージュ・ネットが掛けられ、外では発電機も動いている。指揮通信コンソールでは、スキャン・イーグル無人偵察機が、L

AX上空を旋回していた。

「報告！――」

と土門は求めた。

「はい――」と原田《はらだ》小隊のガルこと待田晴郎《まちだはるお》一曹が、コンソールのあちこちに張った付箋を剥がして読み上げ始めた。

「まず、ようやくCH‐47輸送ヘリが到着し、LAXからのけが人や病人の搬送を開始しました。病人は、いったんここまで運んでC‐2でシアトルまで。交戦による銃創患者は、郡内各所の大病院に搬送しています」

「その、郡当局というか、市当局の行政とは、直接連絡が取れているのか？」

「いえ。LAX内にある消防分署経由でのやりとりです。LAの消防本部は、市役所庁舎の真向かいにあるようで、人が走るなりウォーキートーキーでやりとりしているのでしょう」

「で、LAXの警備はどうなっている？」

「まず、騒乱による死傷者の遺体を運び出すのが先でして、それには消防隊と、地元ボランティアが動いてるようです。原田小隊と水機団一個中隊は、ターミナルを完全に制圧、引き続き空港を警備中です。水機団に犠牲はありません。負傷者が何人か。ただし銃創はありません」

水機団は、クインシーというデータ・センターの街で、三人もの戦死者を出したばかりだった。

「次に、まだターミナルに留まる旅行者への支援物資ですが、これは、シアトルから、C‐2と、ここからはCHのピストン輸送でやり遂げます。施設部隊が本国から入る予定になっていますが、海岸線を掃討するには時間が掛かります。現状では、CHで運べる程度の量しか支援物資は届きません。なので空輸で済ませた方が早いし楽です」

「施設部隊まで呼んだのか？」

「何が起こるかわかりません。米側は、とにかく送れるだけの部隊を送り続けてくれ！　と悲鳴を上げているようだし。そして、肝心の空港としての機能復活ですが、ターミナル北側の滑走路二本に関しては、すでに誘導路上で立ち往生していた機体の片付けは終わり、今は落下物の発見と回収中です。これには、暇な旅行者たちも駆り出しています」

　スキャン・イーグルがその上空を飛ぶ。滑走路の周辺に、横一列になって移動する人間の影が見えた。ゴミを拾いながら歩いているのだ。

「昼過ぎには、一番機を受け入れられるそうです」

「本当に飛べるのか？」

「手は出さないという中国政府の約束を信じるしかないですね。オーストラリアやニュージーランド行きは、いったんメキシコ沖まで下がってから、南半球へ向かうようです。シンガポール便など東南アジア行きは、全機北回りで、シアトル、東京経由になります」

「一〇万人全員が脱出するまで、どのくらいの日数が掛かるんだ？」

「日本人六千名だけなら、二日もあれば可能ですが、領事館の見解では、LA市内のあちこちに隠れて避難している邦人が、空港再開の情報に接してまた殺到するだろうから、数としては、飛行機に乗せるそばから帰国希望者は増える一方になるだろうと」

「上手くはいかんものだな……。今日はゆっくりできそうか？」

「それが、ワッツ地区にあるとかいうボランティア指揮所で、例の〝セル〟、99パーセント集団の動きをモニターしているとのことです。彼らはアマ無線で情報をやりとりしているらしく、明け方、LAXへの襲撃を止めさせたのは、そのグループがそれらのやりとりに介入して偽情報をばらまいたからです。敵は、ただ下がっただけで、いなくなったわけじゃない。次の標的をどこに定めるつもりなのか、無線のワッチを続けるそうです。要警戒は続きます」

待田の隣のコンソールに座る新人隊員のレスラーこと駒鳥綾《こまとりあや》三曹が、待田が剝がし忘れた一枚の付箋を指差した。

「ああ、そうそう！　天候に関する注意が一本届いています。太平洋沿岸にはまた新たな低気圧が接近し、今回は、ただ雲が張るだけで無く、時化そうだ。LAにも雨が降るらしいとのことです」

「LAって、雨は降らないいんだろう？」

「はい。年間を通じて晴天日が三〇〇日近くもあって、年間降水量も五〇〇ミリ以下ですから。ちなみに東京のそれは、だいたい二〇〇日前後に年間降水量一五〇〇ミリです。それで、LAXが運用可能になったら、〝メグ〟か〝ベス〟いずれかの指揮車両を一台、LAXに空輸すべきかも知れません。つまり指揮所をこのままここに置くか、LAXに移すかの判断が必要になります」

「わかった……。ええと、ちょっと寝て良いか？　機内でもうとうとはしたんだが……」

「構いません。ここは煩いから、〝ジョー〟のまともなベッドで寝て下さい」

「いや、ここで良いよ」

先頭部分にある指揮官居室のルーフ部分が、指揮官専用の蚕棚のベッドになっていた。

「うちの娘というか、LAXから何か連絡はないな？」

「留守中には何もありません。平和そのものでした。原田小隊長殿から、追加の医療支援物資のリストが届いた程度です」

「了解した。君ら寝てるのか？」

「ご心配なく。いろいろやりくりしていますから」

「〝ジョー〟の方へ行って下さい」

隣で黙っていた姜二佐が進言した。

「その必要がある？」

「この車両は煩いし、われわれが気を遣うことになりますから」

「わかった。〝ジョー〟で寝る。では後を頼むぞ、ナンバーツー」

土門は、〝メグ〟を降りて隣のライフ・サポート車両〝ジョー〟へと乗り込んだ。

土門が消えると、姜は、待田に向かって、「韓国陸軍大佐のご遺体はどうなったかしら？」と聞いた。

「シアトルまでは、うちのC‐2で運びました。そこで、大韓航空機に乗り換えたはずです。ボディバッグでという形になりましたが、現役の韓国軍兵士の付き添いが得られました。そろそろ向こうを離陸する頃です。そう言えば、原田小隊長が、何かあったのか？　と聞いていましたが……」

「いいのよ。気にしないで。この件はもう片付きました」

ソウルは今、何時頃だろうと姜は思った。モニターが並ぶ棚の頭上に並んだ各タイムゾーンのデジタル表示をちらと見遣った。

日本も韓国も、そろそろ夜明けを迎える頃だ。恐らく、朝一で陸軍の軍人が、釜山《プサン》で暮らす遺族を訪ねることになるだろう。奥方は釜山市役所勤務だと言っていた。子供は、登校する直前に、父親の訃報に接することになる。

姜は、自分の今の感情を整理することが出来なかった。何もかも捨て去って日本人になったたつもりだったが、そうではなかったことに気付いて、自分自身の深層心理に驚いてもいた。自分が敢えて無視していた感情が、今は津波のように押し寄せていた。

第二章　Tu‐95〝ベア〟

カナダ、オンタリオ州ロンドン——。

トロントから南西へ一六〇キロ、エリー湖とヒューロン湖に挟まれたこの街は、本家イギリス以外に存在する〝ロンドン〟の名を持つ街としては最大規模の人口を持つ。

その街の東端にあるロンドン国際空港には、見慣れぬ塗装のボーイング767型旅客機が駐機していた。米国エネルギー省のロゴが入った機体は、空港西端の整備エリアにポツンと駐機していた。

タラップの下には、武装した米国海兵隊兵士が警備に就いていた。

ことカナダ国内に関しては、国内線旅客機の七割が正常に運航され、大都市トロントには、アメリカからの避難民が空路陸路で殺到していた。アメリカの富裕層が乗るビジネス・ジェットの類いも、ほとんどがトロントへと向かった。あるいは更に東のオタワやモントリオールへと。

だが、ここロンドンでは、空港自体は静かそのものだった。デトロイトからも陸路でほんの一〇〇マイルだが、デトロイト経由の避難民らは、ここロンドンを素通りして走り去っていく。アメリカに近すぎて危険だと判断されたのだ。

陸続きのデトロイトは停電していたが、ここにはまだ電気があった。そのおかげで治安は保たれている。

アメリカ陸軍のマークが入ったビーチクラフトC‐12連絡機は、高度を抑えたままエリー湖を渡ると、滑走路南側からまっすぐ降りてきて、滑走路北端からUターンして767の隣に駐機してきた。

ハッチが開いてラダーが降りると、国家安全保障局《NSA》長官・エドガー・アリムラ陸軍大将が辺りを警戒しながら降りてきて小走りに走った。海兵隊兵士に敬礼し、タラップ下で待ち受けるテリー・バスケス空軍中佐に出迎えられ、エネルギー省の終末の日の指揮機《ドゥームズデイ・プレーン》〝イカロス〟の機内へとタラップを駆け上がった。

機内に入ると、いきなり次のハッチがあった。旅客機の機体の中に、一回り径が小さい機体の胴体が入っている感じだった。

「空軍輸送機の静音ルームとは違うな……」

「あれはモバイル構造で、都度機内に運び込まれる。こちらは最初から機内で組み立てられているから、あっちより静かだそうよ。少なくとも地下鉄並みの静けさで会話できる」

テーブルの上座で、車椅子に座るエネルギー省高官のミライ・アヤセが応じた。エネルギー省に七人しかいないQクリアランスを持つ人間だった。すでに一人は中国軍の攻撃で乗っていた専用機もろとも撃墜された。残る五人の消息は不明だった。

魔術師《ソーサラー》〝ヴァイオレット〟の暗号名を持つミライは、様々な名前を持っていた。〝六〇〇万ドルの腕を持つ女〟、イニシャルを取っての〝M・A〟。そのどれもが彼女のお気に入りだが、本名で呼ぶことを許された人間は僅かだった。

そして、NSA長官のアリムラも、彼女のことをファースト・ネームで呼ぶことを許された一人だった。

「コーヒーを飲むくらいの時間はあるでしょ

う？」

「ああ、いいね。その程度の時間はある」

　秘書のレベッカ・カーソン海軍少佐が、壁際のコーヒー・メーカーから紙コップに半分だけコーヒーを注いだ。

「バスケス中佐は制服姿なのに、君はフライトスーツ姿なんだね？　海軍なのに」

「中佐は情報畑。自分は戦闘機乗りですが、今は緊急時なので、コクピット・クルーの代替要員も兼ねています。このサイズの旅客機を飛ばした経験はありませんが、操縦マニュアルを読み込み、コクピットにも数時間待機して練習中です」

「何十人もの政府高官が乗った旅客機を初見で飛ばすのかね？」

「緊急時のみです。正規パイロットの交代要員も乗っているので、自分にその役目が回ってくることはまずないでしょう」

「パイロットは空軍士官だろう？　彼らのボイコットに備えるべきだな。どう思うね？　中佐」

「私が選任したわけではありませんが、パイロットのことは信頼しております」

　バスケス中佐は畏まった態度で答えた。コーヒーを差し出すと、二人は静音ルームを出てドアを閉めた。それでさらに静かになった。

　ミライの斜め向かいに座ったアリムラは、「まず、手土産と言っては何だが、プレゼントを持ってきた」と告げた。

「愛用の車椅子を国防総省《DOD》の君の部屋から運び出して持ってきた。例のカップホルダー付きの電動車椅子だ」

「DODはどうなっているの？」

「辛うじて持ち堪えているよ。99パーセントも、さすがにあそこを襲撃する度胸はなかったらしい。高官らは脱出したが、残った連中がバリケードを築いて守っている。君の車椅子は、ヘリで回収して、フォートミードにいったん降ろした」

「私のお礼は期待しないでね。いきなりで何ですけど、タイガー・キムへの仕打ちは度が過ぎていたわね」

アリムラは露骨に嫌な顔をした。

「私を責めないでくれ。NSAは巨大組織だ。たかが中佐の人事にいちいち目を通している暇は無い。それに、彼がやりすぎたことは君だって認めるだろう? だがまあ、クインシーでの働きは見事だった。それなりのポストを用意して本部に呼び戻すことになるさ」

「今すぐ呼び戻すべきよ。彼の才能は、サーバーの保守をするためにあるんじゃない」

「検討させる。私がここまで来た理由は、君の小言を聞くためじゃない」

アリムラは、ポケットから折り畳まれたペーパーを一枚取り出して、ミライの右手の前に置いた。ピザのチラシだった。裏面をプリント用紙として使ったらしかった。

「何? これ」

「フォートミードのNSA本部では、自家発電装置が動いていて、最低限のシステムは生きている。ところが、ネットが事実上ダウンしたせいで、クラウド化されていた記録等が使えなくなった。途端に、紙の需要が激増し、あっという間にコピー用紙を使い果たす結果となった。それで、使える紙は何でも有効利用している」

「それにしても、チラシよ? これ……。今時、こんなものを作ってばらまくコストを考えたら……」

ミライは、そのペーパーの裏面にプリントされたテキストを読んだ。

「まさに、問題はそこだよ。全米で、実は情報《デジタル・》格差《ディバイド》が拡大しつつある。そのネット広告に接することが出来ない貧しい階層に対して、今また紙の広告が復活しつつあるというわけだ。正直、21世紀にこんなものを見るとは思わなかったが」

「何なのこれ？……。全米の労働者の年収の中央値は実はほんの四万ドルで、この金額じゃ、ニューヨークではルーム・シェアもできない……、とつらつらアメリカ経済の現状が書いてあるけれど……」

「最後の署名を読んでくれ。バトラーとあるだろう」

「バトラーに関するFBI行動分析課のベテラン・プロファイラーが書いた報告書を読んだけれど、まあ凡庸な男よね」

「トランプだってみんなそう見ていた。呆れるほど凡庸で、レベルの低い男だと見下していたが、結果はどうなった？」

「でもこのテキストは、偽物よ？　バトラーことフレッド・マイヤーズが書いた文章で入手可能なものは、全て記憶しています。彼の文章では無いわ」

「わかっている。うちの〝ミダス〟もそう判定したよ」

「動いているの？」

「完全ではないが、七割方の精度は出せるようだ。君は、生けるミダスだな。思い出すよ……。私がお父上に指名されて二度目の副官任務に就いた時、君が、あれは五歳かそこいらの頃だったかな。キッチンのテーブルで、一心不乱にチラシの裏に文章を書いていた。鉛筆で。君はあの頃、窮屈な歩行具と、右手に可愛い松葉杖を持ってちょこまかと走り回っていた。私はまだ右も左もわからない若造だったが、この子の将来に待ち受ける過酷な人生に胸が詰まる思いだったよ……。

あの時、君が書いていたのは、やたら長いセンテンスで、どこかで読んだ記憶があったが思い出せなかった。それが〝ハムレット〟だと知ってびっくりした。君は、五歳にして、シェークスピアの全ての作品を一字一句間違うこと無く記憶していた」

「でも、意味まではわからなかったわね。そこはコンピューターのメモリと同じだった。単に情報として記憶していただけ。父が驚くのが楽しみで、喜ばせたかった。その一心でやったことよ」

「将軍からは、実験台にされるから黙っていろと命じられたが、結局君は、自ら科学の実験台になることを選択した」

「おかげで、最先端の整形手術も無料で受けられたし、この義手、やろうと思えばお箸だって握れるのよ？」

ミライは、肩から伸びる左腕の義手の指で、そのチラシを摘まんで見せた。肩から指先まで、その義手は白く塗られていた。最初は東洋人の肌色だったが、少し不気味だということで、義手だとはっきりわかるよう白く塗られた。

「それで、このアジビラの何が問題なの？」

「それは、軍の内部で出回っているビラで、たぶん書いたのも軍人だ。全米のありとあらゆる基地で、兵士達が似たようなことをやっている。バトラーのペンネームを使ってね。何しろこの大混乱の最中に、基地からは出るな、武器庫の警備は五倍に増やせとかやっているんだ。兵士は暇を持て余しているし。君は、なぜ軍隊を動かさないんだ？　とやいのやいの言ってくるが、こんな連中を街に出してみろ。たちまち殺戮を繰り広げて、収拾が付かなくなるぞ。同士撃ちならまだましな方だ。99パーセントに味方する連中は、破壊行為に手を貸し、同盟国部隊を攻撃し、今の政府の統治機能を奪うことに躍起になるだろう。危険過ぎて、一歩たりとて基地からは出せない」

「そうは言っても、軍の兵士の99パーセントは、まさにその99パーセントの階層から構成されているのよ？　いちいち気にしても仕方無いでしょう。それに、自衛隊を援護するために、空軍は僅かながらも出動している」

「彼らは軍の中でもエリートだ。百人からたった一人選抜されるパイロットたちだ。任務は果たすさ。とにかく、この手の文書が、大っぴらに軍の回線に乗ってやりとりされている。国防総省はそれを止めようと躍起になっているが、たぶん無理だろう」

「でも、LAXの奪還には成功したわ。LAの公民権団体が、いささか乱暴な手に出て治安回復にも成功しつつある。私たちは、そういう動きを少しずつ拡大していくしかないわ。市民が起こした暴動を、市民自らが鎮圧しようとしている。それもまたアメリカの復元力でしょう」

「奴ら、アマチュア無線で命令をやりとりしているらしいが、NSAの諜報網はもっぱら外に向いていて、国内をモニターするようには出来ていない。今大急ぎでタスク・フォースを編成して全米に派遣しているが、成果を上げられるかはわからない」

アリムラ大将は、コーヒーを一気飲みしてからそそくさと腰を上げた。

「とにかく、そういう状況だから、君も気を付けてくれ。何なら、米空軍じゃなく自衛隊の戦闘機に護衛を頼む方が良いかもしれない。中国からも狙われていることだし」

「ねえ、この機体には、Qクリアランスを持つ私ですら知らない機密事項があるのかしら？」

「さあどうだろう。リンク22のハブ機能を持っているからじゃないか？　これ一機で西海岸から東太平洋に展開する四軍を指揮できる。海兵隊員が乗っているのも、本来は君じゃなく、そのハブ機能を守るためだと思うが？」

「その程度のことで、中国はわざわざ撃墜までするかしら？」

「NSA長官の私が知らない機密がこの機体にあって、しかし中国はそれを知っていると？　あり得るかも知れないが。バスケス中佐は話してくれないのか？」

「タイミングを見て訊いてみるけれど……」

　ミライは、期待はできないだろうという顔で応じた。

「それともう一つ、私がわざわざここに来た目的だ。いったい、全米の電力回復はどうなっているんだ？」

「エネルギー省主任技師のサイモン・ディアス博士に聞いて頂戴。後ろの方に乗っているわ。エネルギー省の警告にもう十年早く議会が耳を傾けていたら、サイバー攻撃だのホームグロウン・テロで停電するなんてことは無かったのよ。あれもこれも民営化してしまうから……」

「日に十回はみんなから聞かされるが、それは軍の所管事項ではないからな。CIAはその手の警告を発していたと思うが、同じ情報機関としてNSAからも警告すべきだったかと言えば疑問だ」

　アリムラ大将は、静音ルームを出ると、機体中央のコントロール・ルームで、ディアス主任技師から復旧の進捗に関する短い説明を受けた。結論としては、暴徒らによる送電網自体の物理的破壊は今も続いており、治安回復が先でなければ、復旧は見込めないとのことだった。

　ミライ愛用の車椅子が機内に運び込まれると、ビーチクラフト機から先に離陸し、間を置かずにボーイング767型機が離陸した。アリムラ大将を乗せた機体はエリー湖を渡ってワシンシンDCへ。ミライ・アヤセが乗るボーイング機は、デトロイトを左翼に見ながら、ミシガン州を横断し、西へと飛んだ。西岸のシアトル、もしくはカナダ側のバンクーバーに降りて、日本から提供された食料を補給する手筈になっていた。

075型揚陸艦〝海南《ハイナン》〟（四七〇〇〇トン）を飛び立った直昇8型輸送ヘリは、高度を低く抑えたまま飛んだ。

〝海南〟に乗る海軍陸戦隊を率いる楊孝賢《ヤンシャオシエン》海軍中佐が四角い窓から海面を見下ろすと、白波が立っていた。小型艦はそれなりに揺れるだろうが、さすがに四万トン超えの大型揚陸艦では、その動揺を感じることはまず無かった。

だが、ローターの振動が時々変わるのはわかった。風もそれなりに出ているのだろう。

目指す空母は相当離れた場所にいる。それともヘリが偽装コースを取っているのか、一時間飛んで、ようやく《東征《ドンチャン》艦隊》旗艦の空母〝福建《フージン》〟（八〇〇〇〇トン）に着艦した。

《東征艦隊》は、この作戦のために半年以上前に編成された艦隊で、その艦隊で一番新しい軍艦が、この電磁カタパルトを有する正規空母〝福建〟だった。

楊中佐は、ともにロスアンゼルスに上陸した小隊長の張旭光《チャンシューグアン》海軍大尉を司令部作戦室の外に待たせると、提督らが居並ぶ部屋に入った。まるで査問委員会のようだった。

上座に座る艦隊司令官の賀一智《ホァイーチィ》海軍中将の真向かいに椅子が用意してあったが、賀提督からは一〇メートル近くは離れていた。

「掛けろ。ご苦労だった中佐。任務報告書がまだ届いていないのだが？」

と賀提督が口を開いた。

「申し訳ありません。〝海南〟に帰還して直ぐ、こちらへ出頭するよう命令を受けましたので、その時間がありませんでした。ご覧の通り、手を洗う暇もありませんでした」

中佐は、硝煙にまみれたままの汚い両手を見せた。戦闘服の袖口には、誰のものかもわからない血糊が付着したままだった。中佐は椅子に浅く腰を下ろし、背筋を伸ばした。

「うん。そんな所だろうと思った。誤解のないように言っておくが、これは査問委員会ではないし、君を吊し上げようという意図もない。ただ、われわれは事情を一切聞かされていなかったのでな。作戦を主導した指揮官本人から報告を求めたいと思った」

「当然のことだと思います。恐らく、われわれが艦隊司令部の命令や裁可を待つこと無く独断で動いたことを不快に思われてのことだと思いますが、自分らは、揚陸艦単独の兵力として動く限りは、本国の海軍歩兵司令部の命令に従うことになっております。もちろん、上級司令部としても、艦隊行動あっての揚陸作戦でありますから、艦隊司令部を無視することの危険は理解しているものと思いますが、自分の階級では、その善し悪しに関して意見することは出来ません。無線封止下でもあったことであります し。その点、ご理解頂ければと思います」

「八〇〇名も乗っているんだろう？」

「いえ。〝海南〟は一番艦でしたので、少し、陸兵は抑えました。六〇〇名しか乗っておりません」

「それで中隊なのか？」

「はい。二個中隊で、自分が先任の中隊長ということになります」

「君自身は、これは拙いことになるという認識はあったはずだろう？」

と参謀長の万通《ワントン》海軍少将が質した。

「無かったと言えば嘘になります。しかし、命令を受け取ってからの自分は、作戦の立案と準備に忙殺されて、それどころではありませんでした。そこは、北京の偉いさん連中が丸く収めるのだろうという程度の思いで……」

「君の作戦は、無線封止下の艦隊の作戦全体を危険に晒した。しかしまあ、それはよしとして我が軍のヘリ部隊が、選りに選ってアメリカ海軍基地に着陸し、自衛隊員を運んで空輸、さらにはそこで米側から燃料補給まで受けたという事態は無視できないぞ」

「LAX、ロスアンゼルス国際空港で華人避難民を指揮していた中国総領事館から、自衛隊には我々との交戦意図はないとの報告が外交部に上がっており、現場での咄嗟の判断ではありますが、ここは、自衛隊側の申し出に乗り、彼らの空輸と、輸送ヘリの給油を取引した方が得策だと思いました」

「君は、その重大な決断に何分くらい掛けたのだね？」

「恐らく数秒です。上級司令部にことの決断を委ねていては、全てが手遅れになると判断しました」

「結果として、問題は無かったのかね？」

「はい。われわれを空港に降ろした直昇ヘリ四機は、そのままポイント・マグー米海軍基地まで飛び、そこで自衛隊水陸機動団兵士を搭載し、またLAXに戻ってきました。われわれが敵を掃討している間、ヘリ部隊はまた基地へと戻り、そこで給油を受けました」

「そもそも君たちの編隊は、その自衛隊から攻撃を受けたのだろう？」

「いえ。攻撃ではなくロックオン照射です。それは想定済みの出撃でした。ただ、外交部の情報の評価を困難にしたことは事実です。それは自衛隊側からの申し出だったのか、それとも領事館の感触だったのか」

「君たちのというか、中日両軍の共同作戦は必要不可欠だったと思うかね？」

「はい。疑う余地はありません。事前の見積もりでは、自分は一個小隊は失う覚悟でしたが、三名の戦死で済みました。自衛隊側は、総崩れ寸前でしたが、自分たちの到着とヘリ輸送で時間を稼げました。この作戦は間違い無く、日本にとっても中国にとっても輝かしい勝利と言えるでしょう」

「航空参謀、意見をくれ――」

と万提督が艦隊航空参謀の顔昭林《イエンジャオリン》大佐に発言を求めた。

「本艦のヘリ部隊に飛行計画の検証を求めたところ、往路はともかく、復路に関しては、兵員の二割減、武器弾薬も一定数放棄しなければ、燃料不足で母艦までは辿り着けなかっただろうと。つまり、陸戦隊の作戦は、兵士の二割戦死が前提だった」

「自分は存じません。輸送部隊にはただ自分らを運んで無事に連れ戻すような計画を求めたのみです。それに、彼らは、いざとなれば、前方に展開している味方の駆逐艦にいったん降りるという計画も持っていたようです。それがどれほど現実的な計画だったかは知りませんが」

「自衛隊との共同作戦は、今後もあると思うかね？」

「ありません。それは向こうの指揮官とも確認し合いました。次に再会する時は、お互い敵同士だろうと」

「わかった。黄《ホアン》大佐、政治将校としては、どう纏めるね？」

政治将校の黄誠《チェン》海軍大佐に意見を求めた。

「率直に申し上げて……、起こったことは酷く荒唐無稽な気がしますが、本件には箝口令を敷いた方が良いでしょう。今すでにここで問題になるということは、遅かれ早かれ北京でも問題になるということです。現場指揮官の咄嗟の判断で、彼には選択の余地はなく、われわれは事後報告を聞かされる立場にしかなかった……。という状況が無難でしょう」

「一つ、お願いがあります。査問を受けている立場で図々しいかも知れませんが――」

「いや、中佐。何度も言うが、これは査問ではないのだ。ただ、起こったことに困惑しているだけの話でな」

と賀提督がやんわりと窘《たしな》めた。

「戦闘中に、韓国軍大佐が、私の部下を庇って戦死しました。彼の捨て身の行動がなければ、更に二人の若者が死んでいました。政府から韓国政府に対して感謝と弔意が表されることを望みます。これは、解放軍の名誉に関わる問題です」

「了解した。確実に手配するよ」

黄大佐が約束した。

「いかがですか？　賀提督」と万が裁定を求めた。

「これは軍法会議でもない。中佐は困難な任務に挑み、臨機応変に対処し、数千名の華人同胞を救い、解放軍の名も高めた。称賛されこそすれ、非難すべき余地は微塵も無い。そういう結論で良いだろう。反対の者はいるかな？」

もちろん、全員が納得した顔で頷いた。

「では、本件はこれで完了だ。兵達に、よくやったと伝えてくれ。艦隊として勲功を申請すると」

「有り難うございます。不躾ついでにお伺いしたいのですが、この作戦の目的は何なのでありますか?」

「というと?」

「自分らは、アメリカを更に混乱させ内戦状態を煽り、アメリカの覇権を叩きのめすことが目的だと理解しています」

「概ね、そんな所だ。疑問でもあるかね?」

「われわれはロシアとともに、その99パーセントを名乗る暴徒を支援しているわけですが……」

「富裕層に見捨てられた人民の側にいる。今さら共産主義革命でもないが、われわれは正しいことをしている。君は疑問なのかね?」

「アメリカを確実に崩壊させたいのであれば、このまま放って置けば良い。いやむしろ、今の民主党政権を応援して、99パーセントの鎮圧に手を貸した方が良いのではと考えています」

「何を馬鹿なことを言っておるんだ！　君は」と万提督が不快な顔をした。

「いやいや、聞きたいじゃないか。それはどういう理屈なんだね?」

「このまま、99パーセントが勝ったとします。今の民主党大統領をホワイトハウスから追い出し、恐らく憲法を停止し、アメリカはありふれた独裁国になるでしょう。政治は大混乱し、99パーセントが期待したような繁栄もやって来ない。しかし、アメリカという国は、復元力のある国です。いずれは一つになり復活する。問題は、それに掛かる時間です。

　自分は数年前、軍の国内留学制度を利用して、一年間上海大学で学びました。そこに、近代国家の衰退と繁栄を周期づけて研究している面白い研究者がいました。産業革命以降の近代国家は、全てある周期で衰退と繁栄を繰り返していると。日本は、七七事変（盧溝橋事件）から八年で焼け野原になったが、そこから八年で復興し、一〇年後には高度成長期へと突入しました。途中、オイル・ショックはあったものの、彼らはそのままバブル経済と突入した。繁栄は三〇年続いて破綻し、そこから三〇年、日本経済はひたすら没落を続けて、今日また焼け野原になった。ただし、この後復興するかどうかは疑問ですが。

ヨーロッパも同様です。経済圏構想は、冷戦による軍事費負担と彼らが目指した高福祉社会でいったん擱座する。ヨーロッパの再興は、冷戦の終了と、EUの拡大を待つ必要があった。これも長い周期です。この周期を長らく持たずに繁栄を続けたのがアメリカでしたが、GAFAMは、結局の所、自分の首を絞めた。二一世紀以降、アメリカ社会は分断され、国民は貧しくなった。彼らは、今、衰退の底にいるのか、あるいはまだ途中なのか？　自分はまだその途上だろうと思います。

ここで、99パーセントを騙る勢力が国を乗っ取ってアメリカの繁栄に留《とど》めを刺し、衰退が底を打ったとしたら、あとは復活するだけです。劇的な破綻の後には、恐らく劇的な復興が来るでしょう。われわれは明日、ホワイトハウスの炎上に祝杯を挙げるかも知れませんが、五年後は、恐らくアメリカの復興を目の当たりにしていることでしょう。しかし、もしこのままアメリカがどうにか混乱の収拾に目処を付ければ、99パーセントは今後ともくすぶり続ける。老衰でじわじわと弱っていくようなものです。五年一〇年ずるずるとその状況は続き、やっと底を打った所から再生へと向かうでしょうが、その再生も緩慢なものになるでしょう。それには恐らく数十年掛かる。あるいは日本みたいに、もう復活は無理かも知れない。日本は人口減が祟って、恐らく三〇年後、われわれの軍門に下っているでしょうが、アメリカでは、白人も黒人もただのマイノリティになって、真の多民族国家として長い時間を掛けて復興することになる。今の緩慢な死を見届けるだけで、中国の覇権は、この先一〇年二〇年は安泰です。アメリカはその間、国内問題に忙殺される」

「なかなか興味深い理論だな。ひとつ尋ねるが、その周期説に従うなら、中国は今どの辺りなのだ？」

「中国の繁栄は、鄧小平時代からすでに三〇年以上続いています。長い周期を持っている。仮に、今がその頂点だとしても、没落するにはここから三〇年は掛かる。そして三〇年後の中国は、人口問題を抱えつつも、日本よりはましな状況にあるでしょう。恐らくは、われわれが繁栄の種を蒔いた東南アジア経済で食べているはずです」

「それを聞いて安心した。面白い話だが、党と人民が望んでいるのは、今のアメリカにわれわれ自身の手で鉄槌を下すことだ。われわれはこのままロシアと組んでアメリカの崩壊に手を貸す。君は不満だろうが」

「いえ。自分は意見は持ちますが、政治家ではありません。軍人として命令に従い、最善を尽くすのみです」

「それで良い。話は変わるが、無線封止を弱めることにした。天候はかなり広範囲にわたって崩れつつある。兵の疲労も激しい。そして、アメリカ軍の出動は最低限レベルだとわかった。相手が日本艦隊だけなら、われわれは五分以上の戦いが出来るからな。敵のヘリ空母を沈めて、日本を黙らせる。下がってよろしい。気を付けて帰ってくれ」

　楊中佐は、落ち着いた態度で立ち上がり、敬礼してから部屋を辞した。

「なんだ？　あの偉そうな講義は……」

　ドアが閉まるなり、万参謀長が吐き捨てるように言った。

「面白かったじゃないか？　なかなか的を射た発言だ。われわれは事実として、五年後、後悔しているかもしれんぞ。それにまあ、少佐だの中佐だのあの時分の頃が、一番威勢が良かったと思わないか？」

「十年前の自分はもっと謙虚でしたよ。提督相手に説教するなんて度胸は無かった」

「それだけの胆力があるからこそ、鉄砲を持って敵と撃ち合えるのだろう。頼もしい男だ。もしわれわれが上陸戦とかやる羽目になったら、ぜひ隣にいてほしいね。さて、では航空参謀、引き続き、日本のヘリ空母部隊攻略の作戦検討に掛かろう」

　楊中佐は、張大尉を連れて艦橋構造物の狭いラッタルを降りながら、飛行甲板へと向かった。

「いかがでした？」

「彼らは、もう一度孫子の兵法を学ぶべきだな。戦わずして勝つのが最良だという教訓を忘れたようだ」

「しかし、ここまで来て一ヶ月も二ヶ月も艦内で燻っているわけにもいきません。兵には戦場が必要です。今、我が部隊の士気は最高潮です」

「戦いはほんの数十分で終わり、犠牲も最小、そして敵は殲滅されるに相応しいジャンキーな屑どもだったからだ。戦場はそう甘くは無いぞ」

「はい。心しておきます」

　給油を終えたヘリがすでにローターを回していた。ポツポツと雨も落ちてくる。艦橋を見上げると、航海レーダーがすでに回転していた。

　たかが一個飛行隊しか戦闘機を積んでいない日本のヘリ空母を撃沈するために、無駄な犠牲を払う羽目にならなければ良いが……、と楊は思った。

海上自衛隊第4航空群第3航空隊第31飛行隊隊長の遠藤兼人《えんどうかねと》二佐は、コクピットの背後に立ち、外の景色を眺めていた。洋上にはまだ雲がぽつぽつという感じで、この辺りではまだ海面も見える。白波が立っているのが高度二五〇〇〇フィートからも観測できた。

ターボファン・ジェットを持つP‐1でも、この高度まで上がることは滅多にない。彼らは海面と海面下の哨戒が任務であり、高度を上げる必要がないのだ。

だが、このシアトル沖の任務では、旅客機や輸送機が飛ぶ高度四〇〇〇〇フィート近辺まで高度を上げる機会が増えた。

今もそうだった。だが、今回はエスコートではなくロシア機の監視が任務だ。

眼の前、やや上方に、銀色の機体が見えてくる。航空自衛隊にとっては昔からお馴染みの機体だったが、海上自衛隊機がその機体と接触することは滅多に無かった。

「距離は適度に保ってくれ。機体の特徴がわかる程度で良い。向こうに不審な動きがあったら、ただちに回避してくれて良い」

「MADブームは付いてませんね……」

副操縦士の木暮楓《こぐれかえで》一尉が、右翼前方の機体を身を乗り出すように見ながら言った。

「了解した。だが君はそんなこと気にしなくて良い。操縦に専念してくれ」

ツポレフ‐95〝ベア〟。爆撃機であり、哨戒機でもある。特徴的な二重反転プロペラのエンジンを両翼に四発持つ。冷戦時代、この機体が日本列島を度々一周してきたものだ。オホーツク海に突然現れ、北海道から三陸沖を南下、時には沖縄まで下り、帰りは対馬、日本海へと抜けていく。それは〝東京急行〟と呼ばれた。

当時の戦闘機は脚も短く、たった一機で飛んでくる〝東京急行〟を、数十機のスクランブルで迎撃したものだった。

　冷戦終結とともに、東京急行も下火になったが、ウ国侵略以降は、中国軍機も伴ってその活動が復活していた。

　それにしても、時代掛かった飛行機だった。欧米も日本もプロペラ機での哨戒はとっくに止めたのに、ロシアではこうして冷戦時代の亡霊が立派に仕事している。

「あれは、自衛用ミサイルとか積んでないでしょうね」

と機長の佐久間《さくま》和政《かずまさ》三佐がぼやくように言った。

「ウ国戦争以降は何でもありだ。五〇キロ飛ぶ赤外線追尾ミサイルのシーカーをセンサー代わりにして撃てば、機内に引き込むシステムも最小で済む。何か隠し持っている前提で距離を取るしかない。しっかりと目を離さずに飛んでくれ」

　遠藤は、コクピット背後の戦術航空士席《TACCO》に戻ると、インカムでクルーに呼びかけた。

「武器員は、機種タイプの特定を急げ。レーダーは、護衛する戦闘機の警戒を。まあ、この辺りまでフランカーが飛んでくる可能性はないが」

　ペトロパブロフスク周辺に、空中給油機の姿は無かった。真っ直ぐ飛んできても、ここまで三〇〇〇キロはある。ベアの長大な航続距離をもってしてもしんどい距離だ。ここから帰還するためだけでも、四時間以上は飛び続ける必要がある。

「こちら武器員――。機種特定しました。アンテナの配置から、95RT、NATOコード、〝ベアD〟タイプと思われます。海上偵察と、電子情報収集機です」

「間違い無いか？」

「水平尾翼端の少し膨らんだアンテナ・フェアリ

ングと、胴体真下の巨大なビッグ・バルジ・レーダードーム。95でこれをもっているタイプは他にありません」

「対潜型のTu‐142もその胴体下のレドームはあったよな?」

「はい。F型等ですね。しかし、あちらには、95D型にある胴体後方の細長いアンテナ・フェアリングがありません。それにこの機体より少し胴体が長いはずです。この機体にはフェアリングがあるので、95Dです」

「非武装タイプなのか?」

「はい。しかし、対艦ミサイルの誘導機能を持っています」

「君誰よ!　どうしてそんなにロシア機に詳しい?」

　こういう状況下では見張りも兼ねるその武器員の声は女だった。副操縦士の他にもうひとり女性クルーがいたが、ほとんど会話したことは無かった。遠藤は、通路側に身を乗り出して、その声の主を探した。センサー・ステーションを越えた最後尾にいた。

「野本理沙《のもとりさ》三曹であります。メモです!　われわれが遭遇する可能性がある中国軍機、ロシア機の特徴をびっしりメモしています」

　声の主が、機体後ろの後部観測窓からインカムで報告した。首から一眼レフカメラを下げていた。右手に、使い古した感じのメモ帳を持っている。

「みんなそれを持っているのか?」

「いえ。私のオリジナルです」

「あとでコピーさせろ!」

「それはちょっと。調べてメモ書きするために、それなりの書籍代と時間と頭脳を使いましたから」

「ああ、わかるわかる。この機体に君が乗っている限りはわれわれは安泰だな。この機体は新しいのか？」

「いえ、三〇年前に量産を終えた機体です。ウ国侵略で復活したらしいという情報は流れていたので、搭載機器は一新されたと考えた方が良いでしょう」

「わかった！　最低でも、自衛用武器を装備している前提で掛かるぞ。そして付近に対艦ミサイルを抱いたステルス機や無人攻撃機が潜んでいる事態にも備える。パイロットは哨戒機の前には出るな。レーダー担当、味方のＡＷＡＣＳは映っているな？」

「レーダー、見えています！　本機の二〇〇キロ後方で、距離変わらずです」

「ま、この高度なら、見失うこともないだろう」

　味方の早期警戒機に見えているというのは重要だった。敵にしてみれば、証拠を確保されるから、迂闊なことは出来ないという意味だ。

　懸念材料は、この哨戒機が持っているかも知れない自衛用の武器と、たぶんここまで出てはこないだろうが、護衛戦闘機の存在だ。ステルス戦闘機からの不意打ちを食らいたくはなかった。


　その状況は、二箇所でモニターされていた。一箇所は、ワシントン州ヤキマ国際空港内に設けられた空自指揮所にて。〝北米邦人救難指揮所〟の看板が掛かっている。陸海空、そしてカナダ国防軍のオブザーバーも駐留していたが、実質的に仕切っているのは空自指揮官だった。

　統幕運用部付きの三村《みむら》香苗《かなえ》一佐がそこの指揮を執っている。Ｅ‐２Ｃ乗りだった。彼女は、同じく統幕運用部から派遣されたＰ‐１乗りの倉田《くらた》良樹《よしき》二佐の背後から、ボーイング‐767空中早期管制指揮機《AWACS》が送って遣すレーダー情報のモニター画面を見ていた。

空海自衛隊のレーダーは今、ここシアトルから、稚内のレーダー・サイトのカバレッジに入るまでの六〇〇〇キロもの距離をカバーしていた。カムチャッカ半島から北方領土の東側まで、八戸から、P-1哨戒機が早期警戒機として飛んでいた。

カムチャッカ半島の南端、ペトロパブロフスクのすぐ南までP-1が前進している。そのP-1は、背後にいるP-1からもAESAレーダーで見えるように飛んでいた。

「問題はないわよね？」

と三村は海自の倉田に尋ねた。

「はい。遠藤二佐のことなら良く知っています。無茶はしない男です」

「あのベア、自衛用の空対空ミサイルとか持っているかしら？」

「持っていないことを祈るしかありませんが、昔は、あの機体は後部に機銃座があったんですよね。B-52に対抗するために開発されたんでしたっけ？」

「いいえ。ソヴィエトが目指したのは、B-29よ。初飛行は、B-52爆撃機と同時期だけど、ソヴィエトが欲して拘ったのは、実はB-29だったと言われているわ。あれと同じことをするために開発された」

「なのに未だに飛んでいるなんて奇跡ですね」

「B-52だってまだまだ現役じゃない」

ここ合衆国北西部から二〇〇〇キロ以上も離れた洋上での出来事で、そのモニターとは別に、シアトルからカナダ西岸のレーダー状況を映したモニターも隣に用意してあった。

ロスアンゼルスのLAX国際空港を飛び立った民航機第一便が、シアトル・タコマ国際空港へ進入しようと高度を落とし始めていた。テクニカル・ランディングと呼ばれる給油行動で、いったんシアトルに降りて、燃料補給する必要があった。一部は、カナダ国境を越えてシアトルの対岸、バンクーバーへと向かってそこで給油する。シアトルからバンクーバー国際空港まで二〇〇キロのフライトになる。途中には、ボーイングのエバレット工場に隣接するペイン・フィールド国際空港もあった。

「エルメンドルフ空軍基地のF‐2部隊、ローテーション展開は問題ないわよね……」

アラスカのエルメンドルフに、F‐2戦闘機部隊が展開し、ロシア軍機の策動に備えて、常に四機編隊が、空軍基地の南西五〇〇キロまで前進して哨戒飛行していた。真下にはコディアック島があり、ほんの一〇〇キロも戻れば、それなりの滑走路を持つコディアック空港もある。

緊急着陸はどこでも可能だが、それを避けるために、常に空中給油機を待機させていた。

このコディアック空港には、燃料不足に陥って緊急着陸を余儀なくされた民航機が何機も滞留していたが、エルメンドルフから空中給油機で燃料を運び、どうにか離陸させることに成功していた。

そして空域の北側は、アリューシャン列島へと伸びる長大なアラスカ半島が控えている。そこにも、緊急着陸できる飛行場はいくつかあった。今は夏場で、雪もない。滑走路の利用に支障は無く、沿岸警備隊が、滑走路を点検して緊急着陸可の飛行場をこちらに教えてくれてもいた。

モニターの一つが反応し、市ヶ谷からの機密データを受信し始めた。そのデータは、権限保持者が復元のために一二桁もの暗証番号を打ち込む必要があった。

三村は、「こんな時に……」とぼやきながら、ポケットからその番号を書き殴ったカードを出して、パソコンのキーボードを叩いた。

どこかの空港というか飛行場を見下ろした偵察衛星写真だった。

「ああ、この飛行場は見覚えがある。座標からしても、ペトロパブロフスクですね。街の北にあるエリゾヴォ空港です。空軍も海軍も同居している。凄いな……、これはミグ‐31戦闘機か……」

倉田二佐が隣から覗き込んだ。

空港のエプロンに、ロシア空軍の戦闘機がずらりと駐機している。二〇機はいた。滑走路上でも滑走中の哨戒機がいる。

「今、P‐1がワッチしている〝ベア〟もここから飛んできたのよね？」

「はい。帰還には五時間も掛かります」

写真の一角に、手書きの赤丸で囲ったエリアがあった。そこを拡大して見ると、八機の戦闘機が固まって駐まっていた。給油車が数台出て給油中のようだった。

「解放軍機ですね。J‐11四機に、噂のJ‐35ステルス戦闘機四機。あれ……、翼の下から何か見えているぞ」

「ミサイルのようね」

「そうですね。翼に下げているということは、われわれが言うところのビースト・モードですね。大陸を出て、機体とミサイルを空母部隊に届ける所でしょう。なるほど……。中国艦隊が無線封止解除した理由はこれですね。ビースト・モードで飛んでくる戦闘機を受け入れるなら、無線封止は意味が無い。どの道、降りた場所で空母の位置はばれる」

「それは良いけれど、J‐35の航続距離では、艦隊まで届かないでしょう。フェリーでも三〇〇〇キロくらいが限界でしょう？　五〇〇〇キロは飛ばなきゃならない……」

「ああ、わかった！　これですよ」

　倉田は、画面をさらに拡大した。

「ほら、J‐11は胴体下に三本の増加燃料タンクを下げています。この左翼側の一本ですが、尾部が少し変でしょう。右翼側のそれと違って少し膨らみがあるように見えます。たぶん、空中給油用タンクです。ホースを格納している。これは、いわゆるバディ・タンクですね。バディ給油です。米軍では廃れましたが。空中給油の専用機を持たない解放軍は、ここしばらく戦闘機同士でバディ給油のテストを熱心にやっていました。このフランカー擬きは、武装もしているが、基本的には給油機としての運用で連れてきたものでしょう」

「写真のタイムスタンプからすると、そろそろ現地を離陸する頃よね？」

「ああ！　見えています。ほんの数分前に現れたばかりだ」

　ペトロパブロフスクから七〇〇キロ南を飛んでいたP‐1哨戒機のAESAレーダーに、最初の四機編隊が入ってきた。

「解放軍は日進月歩ね。こんなことが出来るようになったなんて」

「このままだと民航機の航路を横切りますが……」

「交差しそうな民航機はいなさそうだけど、でも日本から向かってくるコンボイがいるわね？」

「はい。支援物資を搭載した日韓の民航機です。一〇機ほど、隊列を組んで飛んでいます」

「戦闘機の方が足は遅いのよね？」

「はい。それに、彼らは偏西風に逆らって南下しているので、さらに速度が落ちます。そうだな、民航機の隊列は、彼らより一〇〇キロほど南で交差するはずです」

「中国軍機もレーダーは入れている。飛んでいるのが民航機だとはわかるはずだけど、さて攻撃はしないという中国政府の言い分を信じて良いものか。このＰ‐１の燃料はどう？」

「そろそろ帰投を考えたいはずです。でも、アダック島着陸ならまだ飛べます」

「ではアダック島で燃料補給ということにして、民航機のコンボイをエスコートさせて下さい！　軍用機が随伴しているとわかれば、手出しはしないでしょう。ここ、応援部隊は向かっているのよね？」

「われわれのことですか？　本国からでも同じレーダー画面を見て誘導は出来るでしょうが」

「切迫感が違うわよ。ここで手伝ってほしいわ。今の人員で二四時間ここを回すのは辛いわよ？」

「メイディ！　メイディ！——。アプローチ中のコリア機からメイディです！」

ヘッドホンを被って航空無線に聴き耳を立てていた隊員が叫んだ。

「パン・パン・コールではないの？　いきなりメイディ？」

レーダー画面に視線をくれると、空港へと真っ直ぐ進入していた民航機が一機、海側へとブレイクしながら、高度と速度を上げ始めていた。凄まじい勢いで進入コースから避難していた。

「何なのよこれ……」

「パイロットが、自機前方に地上からの発砲による曳光弾を数発確認したと報告しています。被弾の有無は不明……」

「ここから管制に割り込めるのよね？」と三村は女性隊員に聞いた。

「はい。可能です」

「エバレットのペイン・フィールドの管制塔は生きているのよね？」

「はい。うちの機体も数度、整備に降りていますから」

「では、無線に介入し、ペイン・フィールドに着陸。被弾の有無を調べてもらいなさい。あそこなら、修理も出来るでしょう。その韓国機、ボーイング機だと良いけど。ルグラン少佐！――」

　と三村は声を上げた。カナダ国防軍からオブザーバーとして派遣されたカナダ国防軍・統合作戦《CJO》司令部《C》のアイコ・ルグラン陸軍少佐は、机を並べて作った広いテーブルの端で、陸自のスキャン・イーグルが偵察するシアトルの状況をモニターで見守っていた。

　無線のヘッドセットで、ずっと誰かと話していた。冷や汗が額の生え際に滲んでいた。

「ちょっと！　五分待って下さい――」

「彼女、どこをみているの？」

「タコマの市街です。ここヤキマを出てレーニア山の山腹を掠めてタコマに入るルートがあります。例の99パーセントが戻ってきて暴れている」と倉田が説明した。

「タコマの市街？　だってあそこ、マッコード空軍基地というか、フォート・ルイスのすぐ近くじゃない？　ほんの一〇キロも離れていない。そんな所でカナダ軍は何をやっているのよ？　米軍はどうしたの？」

「米軍はまあ、基地を守って立て籠もっています。あそこの輸送機は飛んでいるから、文句は言えない」

　三村は、味方のＰ‐１哨戒機の動きを見守った。一機は、〝ベア〟にぴたりと張り付いたままだ。そしてもう一機は、コンボイを組んで東へと向かう民航機の編隊の北側へ出ようと針路を取っていた。

　六分が経ち、ルグラン少佐は、無線のヘッドセットを部下のイチロー・カワイ陸軍軍曹と交替して、三村の元へと進み出た。びっしょりと汗をかいていた。

「大丈夫?」

「ええ……。戦死者を出しまして」

「どんな状況なの?　アプローチ中の民航機が下から撃たれたそうよ」

「予備役の一個連隊でこの広大な街の治安を回復するのは無理です……」

ルグラン少佐は力なく言った。

「でも、ワシントン州の治安回復は、カナダの担当よね?」

「バンクーバーの守備にも部隊は必要です。現状では、シアトル空港を守るのが精一杯で、パトロールに出た部隊が狙い撃ちされています。われわれの装備は貧弱なので。陸自以下ですから」

「冗談は止してよ。陸自以下の個人装備の軍隊なんて、世界中どこを探してもアフリカの最貧国くらいしかないわよ!　ロシアの囚人兵部隊か陸自かって陰口叩かれているくらいですから」

「でも、そのロシア兵も陸自もM‐16なんて骨董品は使ってないですよね?　暴徒はショットガンにM‐4系の改造銃を持っています。申し訳無いですが、応援が必要です。水機団や、あるいは韓国軍の……。空挺でも構いません」

「倉田さん、韓国軍の話は聞いている?」

「いえ。しかし、出そうと思えば出せますよね。別にこの混乱に乗じて、北が三八度線を突破してくるわけでもない。海兵隊くらいは投入できるでしょう。問題は、ここまでの輸送手段ですが、韓国の民航機も支援物資を積んで飛んでくる。それを少し減らして兵隊を乗せてくれれば済む話です。シアトル空港が危険なら、そのマッコード空軍基地に降りれば良い」

「シアトルの総領事館はまだ無事なの?」

「水機団の一個小隊が守っているはずです」

「では、総領事館に援軍が必要だと連絡して。今朝の段階で状況を把握しておくべきだったわ」

「すみません。この規模の暴徒が引き返してくるのは想定外でした」

　とルグラン少佐が詫びた。

「良いのよ。誰の責任でもない。貴方は、支援が必要だとずっとCJOCに訴えていたわけだし、われわれは空路の監視と管制が任務で、シアトル周辺の治安維持は任務外だし。でも誰かが、全体の指揮を執って先手先手で部隊を動かすべきだったわよね。少佐、動ける内に部隊を移動させて、空軍基地内に避難させるか、シアトル空港に引き返すかした方が良いわね」

　ルグラン少佐は、がっくりと肩を落としていた。死傷者が出るのは仕方無い。それは想定済みのことだ。だが、兵力差があまりに大きすぎた。ただの暴徒の群れとは言え、展開している予備役兵部隊の一〇倍以上もの暴徒が、波のように押し寄せてくる。あっという間に弾も尽き、バタバタと味方が斃れていく。

　それが、米軍兵士が立て籠もる、基地の目と鼻の先で起こっていた。

第三章　針路、東へ

　へリコプター搭載護衛艦ＤＤＨ‐184〝かが〟（二六〇〇〇トン）を擁する第四護衛隊群司令を務めていた井上茂人《いのうえしげと》海将は、護衛艦隊司令部幕僚長として、横須賀に戻っていた。四群司令の定番の異動コースだった。

　しかし今回、他護衛隊群の参加を想定して急遽編成された〝北米支援艦隊司令部〟司令官として海将に昇進の上、〝かが〟に着任していた。防大同期での出世は彼が一番ではなく、すでに幕僚長レースからは外れてもいたが、米海軍や他海軍との交渉の可能性に鑑みて、星を一つ増やしての指揮となった。

　なんとなく居心地が悪かった。第四護衛隊群司令は二期後輩。だが、周りはつい昨日まで見知った部下だらけだ。離任したばかりなのに、群司令を飛び越えてあれこれ命令するのは居心地が悪かった。彼の指揮下に入っている僚艦の第一護衛隊群の〝いずも〟は、まだ後方だった。

　そして、北米支援艦隊司令部としてのスタッフがいるわけでもない。航空幕僚として連れてきたのは、かつてＦ‐35Ｂの導入にも関わった空自の一佐殿。艦隊幕僚がいるわけでもなく、業務の全て、作戦の全ては第四護衛隊群が担っている。現状ではお飾りのような存在で、正直、居場所もなかった。

井上は、副官も連れずに航空管制艦橋に登った。そもそも副官もいなかったが……。せめてハワイに飛んでくる時に、副官も連れてくるべきだった。まだ若い幕僚長副官は子供が生まれたばかりで、戦場となる危険がある場所に同行させるのは忍びないと思って横須賀に留め置いたが、いざいないとなるといろいろ不便だった。

司令部航空幕僚の村谷澄弥《むらたにすみや》一佐が、外を見遣って「酷いな……」と漏らした。三六〇度、見渡す限り白波が立っている。

エアボス席に座る第308飛行隊隊長の阿木辰雄《あぎたつお》二佐が、「何事ですか？」と振り返った。窓を雨粒が叩いていた。

「いや、ちょっと運動しようと思って。邪魔して申し訳無い。飛行隊長は、まさか二四時間ここに座っているわけじゃないよね？」

「忙しいですよ。私自身、操縦桿を握って飛ぶし、この椅子に座るのは二、三時間が限界です。でも飛行隊は二四時間飛んでいるから、副隊長や、村谷一佐にも座ってもらいます。何しろ大ベテランですから」

「そうなの？」

「A型を含めてなら自分の方が飛行時間だけは長い。B型に関しては、阿木さんの方がベテランですよ」

ウイングマークを付けたパイロットが、双眼鏡で艦尾方向を見遣っていた。

「二機編隊が降りてきます」

「邪魔だろうから降りるよ」

「いえ。大丈夫です。その程度のことで注意力が削がれて事故が起こったら、単にわれわれの能力不足ということですから。たまには、将官に披露するのも良いでしょう」

井上は、飛行甲板を見てぞっとした。うねっていた。まるで蛇がのたうつように甲板の前後がうねっている。

「あまり言いたくないけど、これ、甲板がうねっているよね？」

「海将は、長いことこの艦に関わってきたからご存じかと思いますが、こんなの、うねっている内に入りません！　まだまだ凪です。海自艦は米艦と違って柔構造らしいから、仕方無いですね。自分も、軍艦の船体が捩れて飛行甲板が大きく波打つと聞いた時には、絶句しましたが……」と村谷が説明した。

「問題無く離着艦できるんだろうね？」

「さあ、どうでしょう。コンピュータがある程度補正はしてくれますが、時化た海で、着艦の瞬間に、飛行甲板が数メートル沈み込んだり、逆に持ち上がったりするのは気持ち良いものじゃありませんね」

阿木は他人事のように言った。

「ただし、今後は、発着艦が不能なほど時化る状況を想定する必要があります。そんな時化でも、たぶん中国艦は、離着艦が可能でしょう。巨大な飛行甲板を持ちますから」

「何か提案はある？」

「陸地にもう少し寄せましょう。エルメンドルフなり、カナダ近くへ。そうすれば、沿岸基地から運用する味方戦闘機部隊の援護も得られやすくなる」

「エルメンドルフということになると、今ですらシアトルから離れすぎている。大陸沿岸部に近付くしかないが、そうすると、中国艦隊との距離も狭まることになる」

「彼らも大陸に近付くことで、それなりのリスクを冒すことになる」

二機のF‐35B型戦闘機が、雲の下から編隊を組んで降りてくる。艦のやや左舷側にゆっくりと進入してくる。

「難しいんだろうね？」

と井上は村谷に聞いた。

「ええ。洋上では比較対称物が皆無です。地上の飛行場では、われわれはだいたい滑走路近くの何かをランドマークにして旋回します。あの山の頂きが見えて来たら何度変針しようとか、このビルを右手何度に見たらさらに高度を落とそうとかね。でも洋上では、そんなことは無理ですから。航法支援システムがないと不安になるし、夜間に至っては、そもそも天地すら信じられなくなる。空間識失調と紙一重で飛んでいる」

ウォーキートーキーを持ったパイロットが二人、前方ブリッジ横のウイングに出て誘導を開始した。ハンドシグナル、ウォーキートーキー両方を使っての誘導だった。

「あの誘導、本当は要らないんだよね？」

「システムが常に完璧に作動するならですね」

編隊の一番機が、艦の横に完全に並び、徐々に幅寄せしてくる。同じくF‐35Bを運用する英国海軍では、米海軍の空母のように、艦尾から真っ直ぐ進入して着艦するが、海自のヘリ空母は、海兵隊の強襲揚陸艦同様に飛行甲板の幅が狭いため、海兵隊と同様の着艦方法を採用していた。すなわち、艦の真横にいったん並び、速度を同調させ、ゆっくりと幅寄せして真上からすとんと着艦するのだ。

阿木二佐は、二人にイヤーマフを手渡した。戦闘機が徐々に接近してくる。まるでぶつかりそうな錯覚を覚える。窓ガラスがびりびりと震え、水滴が振動しながら落ちていく。

艦橋すぐ前の2番スポットにストンと着陸した。

エンジンを素早くシャットダウンし、二番機が航空艦橋やや後ろの4番スポットに着艦する。一番機の半分の時間で着艦してみせた。まるで縦列駐車をドリフト一発で決めたような鮮やかさだった。

「ほう！　お見事だ――」

と井上は拍手してみせた。

雨が降っているせいで、キャノピーは開かなかった。F‐35戦闘機のキャノピーは透明ではない。ステルス仕様のため、やや金色がかった半透明になっている。だが、すぐ目と鼻の先のため、コクピットの中で、パイロットがヘルメットを脱ぐのがわかった。その脱いだ顔が女性であることも。

阿木が、小声で「司令官殿にご挨拶しろ」と無線で伝えたため、こちらを見上げて敬礼した。

「あれが、宮瀬《みやせ》君か……」

と井上は窓際から敬礼で応じた。

「腕は良いですよ。なあ飛行隊長？」と村谷が言った。

「ええ、まあ……。言うことを聞いてくれれば文句はありませんが」

と阿木はため息を漏らした。

「いやぁ、戦闘機パイロットはあのくらい元気なのが良いさ。それに、彼女の歳くらいの頃の君よりは、遥かに筋が良いぞ。彼女は、航法支援なしに一発でこの艦の真横に機体を寄せられる。自分の手足のように機体を操れる。そっちで要らないなら、A型部隊で貰う」

「いいえ。あれはうちのエースです。この戦いには不可欠だ。それに、その手足のように操れるはずの機体を墜落させたことをお忘れ無く！　あまり煽《おだ》てないで下さいよ。本来なら辞表を書かせておかしくない失態だったのですから」

「そこは米側から感謝もされたし、よしとしよう」

「本艦にロシアの〝ベア〟が迫っていると聞きましたが？」

「そうだ。まだだいぶ距離はある。本艦のレーダーにはまだ映らないだろう」

キャノピーが少し開き、ラダーを昇った整備士が、何かのスポーツゼリーをその隙間から差し出した。ホースを担いだ数名のクルーが駆け寄り、燃料補給が始まった。

「おいおい、パイロットの交代無く、このまま飛ばすのか？」と井上が驚いた。

「そうです。残念ですが、何もかも余裕がない。一回燃料補給に降りてきて、そのまま二回出撃任務です。〝いずも〟のパイロットに余裕があるようなら、少しこちらに回してほしいですけどね」

「向こうは飛行隊編成直後に出撃だ。可能かどうか尋ねてみるよ」

井上と村谷は、航空管制ブリッジを降り、また暗い艦内へと戻ってラッタルを降り始めた。

「こんな真っ暗な艦内にいて、よく昼夜の区別が付きますね。昼と言ったって、ただ昼光灯が暗く点っているだけだ」

「軍艦は二四時間動いている。そもそも私は、昼だの夜だの意識したことはないね。艦の勤務はあまりに多忙でね」

旗艦用司令部作戦室《FIC》に入ると、乗組員の注目が集まった。

「四群司令、状況は？」コンピュータを冷やすためのエアコンの騒音は、旅客機の機内並みだった。

「状況変わらず。ロシア軍の〝ベア〟は本艦隊のやや後方を目指して依然として南下中です」

と第四護衛隊群司令の牧野《まきの》章吾《しょうご》海将補が答えた。

「これ、管制とかはどこでやっているの？　もし迎撃命令を出すとしたら本艦の任務なの？」

「いえ。管制は、それが空自のレーダーに映っている限りは、空自の責任になります。つまりヤキマの権限と指示で撃墜云々を命令することになります。艦隊の担当になるのは、それが艦隊に対して明白な脅威と判断される時のみです。現状はまだ、外周を守る護衛艦一隻が、〝ベア〟のレーダーに捕捉された程度でありますので」

「それ、どのくらい接近すれば脅威判定するの？」

「双方が肉眼、もしくは光学センサーで捕捉できる程度の距離まで接近してからです。七〇キロ前後でしょう。そこでまず、警戒飛行しているP-1哨戒機から、国際周波数で警告します。相手が応じなければ、少し荒っぽい手に出るしかありませんが……」

「とは言っても、味方哨戒機は、空対空ミサイルを装備しているわけじゃない」

「しかし、ロシア機のパイロットがよほどのバカで無ければ、こちらの哨戒機は味方の哨戒機や早期警戒機に見えているし、近くにステルス戦闘機が潜んでいることも知っているでしょう。攻撃は、イコール自分たちも撃墜されることを意味する。そうだろう？」

と牧野は航空幕僚に意見を求めた。

「その通りです。彼らが無茶をするとは思えない。しかし警戒は必要です」

「それで、より大きな問題は中国艦隊なわけだが……」

と井上はリンク16のモニターに視線をくれた。

米軍、自衛隊双方が捕捉した北太平洋の状態が網羅されている。

「まさにクリスマス・ツリー状態だな。いったい何隻いるんだ？」

「たぶん、最低でも三五隻はいますね。これでも、東海艦隊、南海艦隊の全戦力の三分の一程度です。最新鋭艦だけ持ってきた」

まるでクリスマスのイルミネーションのように、艦艇が点滅している。そこにはハワイ以東で把握している全ての商船、軍艦、民航機、ほぼ全ての敵味方の軍用機が映し出されている。無いのは、潜水艦と、米軍が意図的に秘匿している航空機や軍艦のみだ。肝心の、第七艦隊の空母も映ってはいなかった。

「うちで捕捉出来たのはどのくらい？」

「東シナ海通過と、沖縄南方で捕捉できたものは網羅してありますが、海南島《かいなんとう》からバシー海峡を渡って突然現れたものも数隻います」

「そうは言っても、硫黄島《いおうとう》からグアムに延びるラインだって、日米哨戒機の警戒ラインが張ってあるよね？」

「米軍も二四時間警戒しているわけじゃないですからね。中国も学習しつつある。いずれにせよ、われわれの三倍の戦力です。米海軍の艦船まで港に引き籠もるなんて想定外だった」

「で、このクリスマス・ツリー状態はどう説明するね？」

「基本的には、電波情報による推定位置です」

と第四護衛隊群幕僚長の仲野正道《なかのまさみち》一佐が答えた。

「たとえば、この左上で点滅を始めた艦は、数分前にレーダー発信を止めた状態です。タイムスタンプは、最後に情報を取得した時間を指していいます。あ、今、レーダーを入れた艦がいますね。これは、二時間前いったんレーダーを切ったフリゲイトだ。しばらくレーダーを使って水平線までの状況を観察すれば、何もずっとレーダーを入れておく必要はない。レーダーを切って転針、自艦の針路を偽装する。一定時間後、再びレーダーの火を入れる。それを各艦でランダムにやれば、こちらを幻惑できます」

「凄いな、彼ら、艦隊行動のスキルをここまで身につけたのか？　これ、艦名は特定できているの？」

「市ヶ谷の情報本部と横須賀で専門のチームが解析に当たっています。レーダー情報、情報衛星他、ありとあらゆる手法を駆使して、艦名の特定に当たっています。現状、七割程度の把握はできているとのことです」

「三隻の空母と、三隻の大型強襲揚陸艦がそこに含まれるわけだ」

「はい。この六つの目標は、最優先ターゲットですから」

その六隻だけ、赤いマーキングで目立っていた。

「一番近い空母から一〇〇〇キロか……。近いというべきか遠いというべきか……」

「戦闘機を発艦させてから、こちらに届くまで一時間以上は掛かりますからね。ミッドウェイ海戦みたいに、上がったら敵空母が眼の前にいたなんてことはありません」

「いやいや、それは甘い！　最近の戦闘機の速度を前提とするなら、千キロなんて距離は、ミッドウェイ海戦の混戦状況とたいして変わらない。双方が安全圏にいるとはとても言えない」

と村谷が首を振ってまくし立てるように言った。

「一〇〇〇キロなんて、ミッドウェイ以下だ！　ドローンを先行させ、衛星で見張り、こちらの位置を大凡推定できたら、五〇〇キロ彼方からでも対艦ミサイルは撃てる時代です！　最低でも、一五〇〇キロはバッファゾーンが欲しい。味方艦隊の五〇〇キロ前方に早期警戒機を出し、そこから更に数百キロ前方にステルス戦闘機を潜ませる。それでいち早く、敵戦闘機の襲来を探知できる。この状況で飽和攻撃を喰らったら対処のしようがありません」

「もし本艦が沈んだら、米軍は報復として、空母二隻は沈めるだろう。そして残る一隻は、空自が沈めることになる」

「だから安心だと思いますか？」と井上が静かに言い放った。

「第一に、中国海軍がそれを懸念材料だと考えるか未知数です。第二に、それでも敵が仕掛けてきて本艦が沈んだら、誰かが遺族を回って、『米軍の報復攻撃があるから中国海軍は攻撃を躊躇うはずだと考えていた……』と説明するのですか？」

「では、君はどうすべきだと思うのかね？」

「自分は航空幕僚です。それを決めるのは海自の皆さんです」

「遠慮は要らんよ。なあ四群司令？」

「もちろんです。外部と言っては失礼だが、第三者の視点は重要です」

「では、同じ艦で運命を共にしていることだし、遠慮無く言わせてもらいます。われわれは、戦闘機の数で圧倒的に負けています。向こうは、われわれの一〇倍の数の戦闘機を三隻の空母に乗せている。こちらは、いずれは〝いずも〟が到着し、陸上基地からの支援も得られるとは言え、米軍が全く動けない前提の展開ではなかったことを考えると、今もまだ浮かんでいること自体が奇跡です。自分としては、最大限、陸地に寄せることを提案します。問題は、エルメンドルフ、シアトル、どちらに寄せるかです」

「シアトル方面はそもそも、本来は米空軍や海軍が守るべきエリアだよね？」

「でも彼らはいない。自分は、エルメンドルフ方面に寄せても意味はないと思います。エルメンドルフへ寄せたからと言って、カバーできるのはアリューシャン列島の西端まで。千歳から、北方四島を避けて飛び、千島列島の東端までカバーはで

「〝いずも〟を引き返させるという手はあるぞ」

「限られた戦力を更に分散させるだけです。感心しません。われわれは北海道までの民航路を守る義務も負っているわけですが、ペトロパブロフスクや北方領土から上がってくるロシア軍戦闘機は、こちらの哨戒機で牽制するしかない。オージーや韓国の哨戒機も駆けつけていることだし、彼らに好き勝手させないだけの監視の眼は整いつつあります。アリューシャンから西は捨て、本艦隊は、さらにシアトルへと接近し、空軍基地運用の空自部隊のエアカバーを確実なものとする。機数と運用経験、相手のまだ未熟な艦上運用というハンディに照らして、それでようやく戦力として釣り合う」

「なるほど。幕僚長、反論を述べてくれ――」

「え？　評価ではなく反論でありますか？……」

と振られた仲野は一瞬たじろいだ。

「ええと、まず、本艦隊が東へ寄ることによって、背後ががら空きになります。つまりハワイ以東が。中国海軍は、その背後から衝いてくる可能性があります。さらに、背後をすり抜けて、エルメンドルフ空軍基地を攻撃する恐れがある。第二に、米軍の戦闘機部隊は地上待機を命じられているわけですが、もし99パーセント側に付いたパイロットが武装状態で離陸に成功した場合、われわれはいともあっさり攻撃を受けることになります。敵か味方か判然としない米軍機を攻撃はできない。今は、そういう不測の事態にも備える必要があります。第三に、中国海軍艦隊は、われわれよりシアトル寄りに展開している。中国海軍との距離を詰めることになります。以上、パッと思い付いた懸念事項です」

「どう答える？」と村谷に振った。

「まずハワイとそこから東海域に関しては、オージーや韓国空軍機がハワイのヒッカムに集結しつつあり、防備はかなり強化されています。ハワイから東海岸まで四〇〇〇キロ。彼らはわれわれの背中を守ってなお、敵がアラスカに近付かないよう警戒もしてくれます。その点に関する懸念はあまりないでしょう。米軍機がこちらに向かって攻撃してくることは、考えても仕方ない話ですよ……。中国艦隊は、こちらが避けた所で、向こうから近付いてこないとも限らない」

「四群司令としての意見は？」

「それこそ、後続の一群司令と協議する必要がありますが、司令官としての決定があれば、われわれは従うのみです。今日までは、われわれは東太平洋の非常に広いエリアを防御することに拘っていた。それこそ、ハワイから西海岸まで。それを捨ててよいか？　という問題だと思いますが？」

「そういうことになるな。哨戒機にも護衛は付けなきゃならんし」

「ただ、良いニュースもあります。戦闘機部隊には厳しい制限が掛かってるが、武装していない米空軍の給油機や輸送機は積極的に飛ぶよう命令が出始めている。海兵隊の給油機部隊も岩国《いわくに》からハワイまで前進している。米空軍の輸送機部隊は実際、フル稼働している。この調子だと、直に海軍のP‐8哨戒機部隊も動き出すでしょう。味方は増える一方です」

「われわれは今日まで、半径二〇〇〇キロものエリアを守り続けたのか……。東京から南は硫黄島を越えてグアム、北は日本海を越えてハバロフスクの更に奥までカバーしていたんだよな。そろそろ身の丈に合った作戦に戻っても文句は言われんだろう。では、本艦隊はこれより西海岸へと更に接近する。艦隊に命じてくれ。中国側に、それとわかる形の移動で構わない」

「了解です！　北米支援艦隊、シアトル沖へと向かって針路を取ります！」

燃料補給を終えた二機が発艦する。艦内に警報が鳴り響き、合成風力を得るために、〝かが〟は針路を変えて増速した。


ボリス・イオノフ・ロシア海軍航空隊中佐は、ベテランの航空機関士が残燃料を計算し終えるのを待つと、彼のメモ帳を預かり、ツポレフ‐95RT〝ベア〟、通称ベアDの航空機関士席に座った。

機長のヴィクトル・エフゲニフ大尉にそれを手渡し、しばらく眼下の景色を見物した。三〇分前より雲が増えていた。海面の白波は相変わらずだ。それに気流も少し荒れてきた。時々エアポケットに入って機体が悲鳴を上げていた。

さっきから、自衛隊機が国際無線周波数で呼びかけてくる。光学センサーに、自衛隊の軍艦を一隻捉えたせいだ。だが、探しているヘリ空母は見えなかった。

イオノフとエフゲニフは徴兵されてからの付き合いだ。イオノフは飛行機には馴染めず、しかしそこそこ出世してここまで辿り着いた。二人とももう白髪が目立つ。すでに定年を過ぎていたが、ウクライナでの〝特別軍事作戦〟とやらで延び延びになっていた。

二人とも、軍に入った息子二人をその軍事作戦で亡くした。イオノフの長男は、陸軍の誇りある空挺兵として、戦争初期に戦死した。

そしてエフゲニフの次男は、沈まないはずの軍艦に乗っていて、ミサイルを喰らって死んだ。もちろん、二人がその事実を乗り越える日は永遠に来ないだろう。

四発エンジンが立てる凄まじい轟音と振動の中で、イオノフは、機長がこちらを振り向くのを待った。

機長は振り返ると、インカムのスイッチを入れて、「そろそろ限界だ!」と告げた。

「そもそも、エリゾヴォ空港は危険だぞ。中国軍が中継基地として使っている以上、いつかは攻撃を受ける。代替空港までの燃料も考えると、すぐ引き返すしかない」

「それはアダックの偵察を飛行計画に入れての話だよな?」

「飛行経路の途中だ。全く問題ない。むしろアダックを避けると遠回りになる」

「じゃあ、ちょっと日本人《ヤポンスキー》に挨拶して帰ろうか?」

「この鈍重なプロペラ機でか?」

副操縦士が不安そうな顔で機長を一瞥した。

「手足みたいなものだろう? それに、向こうの方が小回りが効くだろうから、あっちから避けてくれるさ」

「わかった! まあその程度の余興はあって良いだろう。みんな固定してないものを確認してベルトを締め直せ。少し揺れるぞ」

南南東へと飛んでいた〝ベアD〟は、突然左旋回を開始した。それも、下から胴体下面を見張るP‐1に合わせて、やや高度を落としてきた。


P‐1の遠藤二佐は、戦術航空士席で、接近を警告するロシア語の音声データを聞いていた。すでに二〇分近く流している。機体を見張っているのはパイロットと武器員だけだ。

「目標変針! 本機は回避行動に移る!」

機長の佐久間三佐は、言うなりスロットル・レバーをグイと押して相手と同じく左旋回へと入っ

「悪いが、パワーも操縦応答性もこっちが上だ！」

「見張りは、ベアの位置を随時報告せよ。パイロットは、敵の前に出ないよう注意してくれよ。向こうも燃料が減って機体が軽くなっているはずだ」

遠藤もそう命じた。P‐1哨戒機は、結局水平に三六〇度旋回して、再び〝ベアD〟の背後に付いたが、ベアDは、今度は、やや機首上げモーメントを掛けて自機の速度を殺してきた。

「やるじゃないか？　敵さんも。こっちも挨拶してやるか？」と遠藤が楽しげに言う。

「良いんですか？　あとで問題になっても知りませんよ？」

「警告はしたんだ。従わなかった向こうが悪い」

「了解。ちょっと煽ってやります」

佐久間はフラップを出して揚力を稼ぎながら速度を落とし、ベアDの背後上空へと出た。敵の死角であり、見えない位置だ。いったん真後ろに出た後、十分な高度差を確保した。敵が突然パワーを入れても上昇が間に合わないだけの高度差を確保してから、一気に速度を上げ、機体をベアDの左翼へと出した。そして、機体を傾け、双方のコクピットを視認できる姿勢にした後、ベアDの前方やや上空を右翼へと抜けた。

コクピットに座る正副パイロットの航空ヘルメットが見えた。P‐1が通過した後には、それなりの規模の後方乱流が生まれてベアDを翻弄した。

ベアDの機体は激しく翻弄された。強烈な乱気流だった。翼がもげるかと思うほどに強力で、エンジンが悲鳴を上げ、いくつか警報が鳴り響いたほどだった。

だがパイロット二人は、冷静に対応した。

「やれやれ！　奴らもやるじゃないか？」

とイオノフ中佐は苦笑いした。イオノフは、航空機関士席の背後に立ったままだった。頭上のハンドルを掴んでいたが、身体が宙に浮き、航空ヘルメットを被った頭を強《したた》か天井に打ち付ける羽目になった。首が折れるかと思った。

針路を西へと取り、帰還コースに乗った。

《東征艦隊《ドンチャンかんたい》》旗艦・空母〝福建《フージン》〟（八〇〇〇〇トン）にZ-20F（直昇20）対潜ヘリが着艦して士官を一人降ろすと、燃料給油のためにいったん空母甲板を離れ、水平線上のフリゲイトへと飛び去っていった。

江凱《ジアンカイ》Ⅱ型（054A型）フリゲイト〝九江《ジウジアン》〟（四〇五〇トン）の艦長・徐宝竜《シューバオロン》海軍中佐は、司令部作戦室のドアの手前で、衛兵に「私の身なりは大丈夫かな？」と聞いた。

若い水兵が恐縮した態度で、「問題無いかと……」と応じると、「ここから死体で出て来た兵士とかいそうだな」と冗談を言ってから部屋の中に入った。

テーブルの上は、コピーしたらしい海図が乱雑に重なっていた。マジックやボールペンが転がっている。

「掛けてくれ、艦長。フリゲイトの艦長が訪ねてくるとは聞いていたが……」

と賀一智《ホヲイーチィ》海軍中将が海図の上に屈み込むような姿勢のまま尋ねた。

「はい、〝九江〟艦長の徐中佐であります」

「新しい艦だと理解するが、いや待てよ、ついさっき、君の名を別の件で聞いたぞ……。楊孝賢《ヤンシャオシエン》を知っているか？」

「楊が、また何かやらかしましたか？」

「いやいやそういうことではないのだ。彼の経歴を調べていたのだが、この部隊に、同じ集落の出身者がいると聞いて……」

「はい。自分がそうです。自分の方が一学年上でありますが、お互い福建の半農半漁の貧農の生まれでして、相次いで海軍に入りました。他にも、村から入隊したものがおりますが、軍に留まった者は自分と楊だけで」

「なぜだ？」

「海軍の水が合ったと言いますか、あるいは、辞め時を逸したと言いますか？」

「まあ、そんなものだろうな。みんなちょっと休もう。お茶でも飲もうではないか？　君の艦は新鋭艦ということで、日本艦隊との境界線ぎりぎりを担っているはずだが、わざわざここまで飛んで来た理由は何だね？」

「日本艦隊の攻略に関してであります。提案があります」

賀提督は、皆を座らせてから笑い顔でため息を漏らした。

「福建人の特徴なのか、君らは実にあけすけにものを言うな」

「はい。いくら艦長とはいえ、中佐ごときがあれこれ意見するのは異例なことだと理解しております」

「いやいや、構わんよ。君たちは実に面白い男たちだ。楊孝賢はどんな男だ？」

「昔から異様に知恵が回る男でして、学校では教師たちをきりきり舞いさせ、村では党の幹部たちから睨まれていました。一部には、北京へ出て、ちゃんと勉強しろと言ってくれる人間もいるにはいましたが、われわれは貧しかった。早く独り立ちする必要がありました」

「海軍士官は似たり寄ったりだな。なぜ彼は、君のような艦長では無く、陸戦隊を率いているのだ？」

「あれは、集団行動が苦手な男でして。軍艦は、乗組員の合力で動く。しかし、彼は、その才能故に、独断専行な所がありまして、軍艦の指揮は向いていない。少し、とっつきにくい所はありますが、敵に回すとやっかいな男でしょう」

「頼もしい限りだ。コーヒー、紅茶もあるが、緑茶で良いか？」

「もちろんです。これらのチャートを見る限りでは、例のヘリ空母の攻撃作戦のようですが？」

「ああ。数で押して飽和攻撃を仕掛けて沈める。問題は、こちらの犠牲をどれだけ抑えて撃沈するかだ」

「どのくらいの犠牲になりそうですか？」

賀提督は、航空参謀の顔昭林《イエンジャオリン》大佐に説明するよう命じた。

「最大で一個飛行隊。だがこれは本当に最大の見積もりで、たぶん六機とか、八機の犠牲で何とかなるだろうと思っている」

「なるほど。それで、その攻撃に成功した後はどうなりますか？」

「というと？」

「報復攻撃がありますよね？」

「日本艦隊に関して言えば、ヘリ空母を失えば報復どころじゃない。そのまま横須賀へと引き返すさ。アメリカの報復はあるだろうな」

「それは間違い無くある」

と賀が受け取って言った。

「極秘情報なのでここだけの話だが、米国政府から外交部に正式な伝達があった。米本土へのミサイル攻撃の報復として、フリゲイトを一隻攻撃して撃沈した。われわれと同盟国への再度の攻撃は、倍の報復を招くものと思え――、と」

「ミサイルを撃ったのですか？」

「ああ。ワシントン州の田舎町にあるGAFAMのデータ・センターに対してな。暴徒らのラジオ放送では、データ・センターはそれで潰滅したことになっているが、実は一発も命中しなかった。全弾が撃墜された。当たってもいないのに、米軍は、無慈悲にも〝煙台《ヤンタイ》〟を沈めた。知っての通り。生存者はほとんどいなかった」

「では、このヘリ空母を沈めることで、当然米側は、また報復攻撃をしてくるわけですね？」

「そうだ。ヘリ空母は当然、こちらの空母を狙ってくるだろう。一隻で済むか二隻、あるいは三隻全部沈めるつもりなのか？」

「その攻撃をわれわれは防げるのでありますか？」

「〝煙台〟撃沈時は、艦隊無線封止下で、満足な防空が出来なかった。ある程度は防げるだろう。

中華神盾艦の真価が問われることになる」と航空参謀が答えた。

「一隻の敵空母を沈めて、アメリカの報復攻撃を惹起するとしたら、これは自殺攻撃ですよね？」

「おい！　中佐ごときが言葉を慎め！」

と参謀長の万通《ワントン》海軍少将が窘めた。

「しかし、事実そうなるでしょう。たとえ一隻沈むだけでも、こちらの方が、乗っている乗組員の数も、失う戦闘機の数も遥かに多い」

「何というか、そこはちと辛い所でな……」

と賀提督が頷いた。

「まあ、聞こうじゃないか。さっきから、もっぱら議論になっているのは、敵艦の撃沈は簡単だが、アメリカの報復攻撃をいかに躱すか、応戦するかだ。正直、妙案は無い。ま、同盟国と言えども、所詮は日本の艦船だ。アメリカがそう判断して動かないという目論見に懸けることもできなくはないが……」

「そのヘリ空母を、撃沈する必要がないとしたら？」

「いや、あれは今後とも脅威になる。排除が必要だ」

「しかし、撃沈となれば、われわれもそれなりの報復を受けます。自分は昔、米ソ海軍の鞘当てを学んだことがあります。彼らは北極海や大西洋で鍔迫り合いを演じ、水上での衝突や、時によっては海中での潜水艦同士の接触事故すら起こした。ミサイルを撃ち込むのではなく、水上艦で敵空母を妨害できるとしたら？」

「君の艦はたかだか四〇〇〇トンだろう？　衝突事故を装ってヘリ空母をひっくり返せるわけでもない」

「それは無理です。そもそも、われわれが接近を試みたら、日本のフリゲイトが割って入ることでしょう。だが、衝突を避けるために、ヘリ空母は、針路変更を余儀なくされる。戦闘機の発進も着艦も難しくなる」

賀は、そんなことは考えても見なかった……、という驚きの顔で皆を見遣った。

「いや……、しかし、衝突の危険はあるよね？」

「こちらの方が数で圧倒しています。多少は傷つく艦も出てくるでしょうが、それは向こうも同じ。そして、向こうの方が数は少ない。損傷した艦は、下げるしかない。戦線離脱する艦が増えれば、たとえヘリ空母が一隻無事でも、海域に留まることは出来ません」

「なんてことだ！……。考えてもみなかったぞ。参謀長、どう思う？」

「急な話ですな……。検討する価値はあると思いますが、政治的にはどうだろう？」

と万は、政治将校の黄誠《ホアンチェン》海軍大佐に振った。

「悪くないと思います。平和的とは言い難いが、これは、敵の大規模報復を招かずに済むせめぎ合いです。うまく行けば、ヘリ空母の活動を封じることが出来るし、展開する艦艇も減らせる。それに、戦っているという充足感から、水兵の士気も上がるでしょう」

「問題は何だ？　中佐。当然君は、そこまで考えた上でここに来ているのだろう？」

「はい。最大の問題は、速度差です。われわれのフリゲイトの最高速度は公称二七ノット。日本のそれは、三〇ノットを優に超えます。恐らく三五ノット程度は楽に出る。どういうわけか、日本の護衛艦は昔から速度に拘ってきた。その速度差で優位に立ち回れます。同時に、その速度を活かすことで、艦隊としてわれわれの包囲網を突破して東海岸へと逃げ込むかも知れません。スピード競争になったら、中国艦隊に勝ち目はありません。それと、日本側がキレて、砲撃を喰らう可能性もあります」

「それはお互い様だな。その時でも、われわれは数で勝っているから、撃ち合いで負けることはない。誰か異論がある者はいないか？……。では、この作戦で進めるとしよう。中佐、君の作戦だ。作戦名を付ける栄誉を与える」

「では、〝七星《チーシン》作戦〟でお願いします。私が考えた作戦では、最低七隻の機敏なフリゲイトが必要になります。その七隻で日本艦隊を翻弄します」

「よろしい。その七隻を指名してくれ。君に、その七隻の指揮を任せる。ここで、直ちに細部を練ろう。お茶の時間は終わりだ――」

参謀長は、新たにチャートのコピーを持ってくるよう命じた。これまでは守りの戦いだったが、ここからは攻めの戦いになる。その上でなお、アメリカとしては手が出しづらいだろう。何しろ、砲弾やミサイルが飛び交うわけでもない。単に鍔迫り合いするだけなのだから。

これは上手くいくかも知れない！　と賀提督は思った。少なくとも、日本艦隊をきりきり舞いさせることは出来る。

その日本艦隊が、東への針路をとって移動し始めたと報されたのは、その直後のことだった。

〝ベアD〟哨戒機は、アリューシャン列島のグレート・スキン島の真上を通過した。標高一七〇〇メートルの火山の島だ。その島を過ぎると、すぐ西にアダック島が現れる。

三〇年前、海軍基地が閉鎖されてから、島はすっかり人口が減ったが、今も住民はいる。野生保護区であり、漁船団の補給基地であり、また野生保護区でありながらカリブーの人気の狩猟地でもあり、アラスカから週二便の定期航空路もある。アリューシャン列島でも栄えている孤島と言ってよかった。

〝ベアD〟は、今、堂々と合衆国領空を侵犯していた。一応、地対空ミサイルに狙われることを避けるために、空港近辺から一万メートルほど離れた沿岸沿いを飛んだ。

眼下に広がる光景は、住みたいとは思わないが、優美な景色だった。光学センサーの倍率を上げると、空港施設から滑走路へと向かう日本のＰ‐１哨戒機が見えた。もう一機、地上に止まって燃料補給中の機体もいる。

ここは今、自衛隊の重要な中継拠点になっていた。

真夏に白い雪を頂く標高六〇〇メートルのアダック火山の中腹で、ヘリのローターらしきものが回転しているのが見える。

カメラをズームさせると、どうやらＵＨ‐60系統のヘリのようだった。日本の救難ヘリか何かだろう。ロシアのコマンドが上陸していないかどうかを監視しているのだ。

イオノフ中佐は、センサー席から離れ、航空機関士席のシートを掴みながら、コクピット前方の景色を見遣った。副操縦士が身を乗り出し、首を振って、敵機の接近を見張っている。

「まあそう心配するな。エルメンドルフ空軍基地から二〇〇〇キロも離れているんだぞ。こんな島の領空を守るために、わざわざステルス戦闘機を離陸させるような真似はしないさ。F・22戦闘機がここまでスーパークルーズで飛べたとしても、一時間は掛かる」

「ロシア帝国は、何でアラスカを手放したりしたんだろうな？　勿体無いことをした」

エフゲニフ機長が、インカムを使ってぼやいてきた。

「それを言うなら、ロシアはどうしてウクライナの独立を認めたんだ？　あんな肥沃な穀倉地帯を手放して、後になって還ってこいとか。政治家が考えることは全くわからんよ……」

クルー全員が、黙ったままだった。この機内では、「ウクライナ」という言葉は禁句だ。何にせよ、息子たちを失った上官の心の傷を土足で踏みつけることになる。

自分たちは、陸軍ではなく、海軍の、それも哨戒機のクルーでいられる幸運を嚙みしめるしか無かった。まず撃墜される心配はないし、そもそも黒海に派遣される可能性も低かった。

あの海域を飛ぶのは、このTu・95の新型機であるTu・142〝ベア〟だった。外見はほとんど変わらないが、システムは一新されていた。

「地上からのレーダー波を受信している。強度からして、飛行場管制用の移動レーダーだな。日米どっちのものかは不明だが。たいした距離は見えない」

コクピットのパネルで、赤いランプがピコピコと点っていた。計器が古いので詳しい情報は、後ろのセンサー・ステーションでなければわからない。

「偵察員は、地上の写真をちゃんと撮ってくれよ。どうせモスクワの奴らは、スパイ衛星写真なんて貴重な代物は、前線には送って遣さないからな。じゃあヴィクトル！　シェミア、アッツと寄って帰ろう。途中にキスカという島があるが、ここもそれなりの大きさだ。滑走路はないのか？」

「もうない。定住者もなく、この島は、上陸に許可が必要だ。もう長いこと無人島だ」

「しかし、ここをわれわれが大っぴらに飛んで、米軍が何の対応策も取らないとしたら、いよいよわれわれのアラスカ奪還作戦には何の支障も抵抗もないってことだな」

「もし、空挺とかがこれらの島々を奪取しに降りてきたら、日本は軍を出すかな？」

「あり得ないな。目と鼻の先のクリル諸島すら奪い返しに来ない連中だぞ」

「だが、あの国は、アメリカの植民地みたいなものだろう？　ご主人様からやってくれ、プリーズ！　とか言われたら、断れないいんじゃないか？」

「エリゾヴォ基地からはせいぜい一〇〇〇キロ。それでも近いとは言えないが、チトセからだと二五〇〇キロだぞ。そこまで離れていてどうしろと言うんだ。どうにも出来んさ」

〝ベアD〟哨戒機は、何の妨害も受けず、無線による警告すら受けずに悠然と、アメリカ領空を侵犯し続け、島伝いにカムチャッカ半島へのコースを飛び続けた。

第四章　シアトルへ

　土門康平陸将補は、NASポイント・マグーの一角に止めた指揮車両〝メグ〟の通信コンソールで、市ヶ谷と繋いだ映像回線が消えると、被っていたヘッドセットを脱いで、待田のシートの後ろのフックに引っかけた。

　そして、二度三度と「チッ！」と舌打ちした。

「LAの南半分は、それなりに治安回復できたわけだろう？　俺ら日本に引き返して良いと思わないか？」

「治安回復と言っても、明るい時間帯だけですよね。ようやくLAXから民航機が飛べるようになりましたが、使用可の滑走路はまだ一本だけだし、未だにセントラルの官庁街とは連絡が取れないし」

　ガルこと待田晴郎一曹が、メイン・モニターをスキャン・イーグルの映像に戻した。ただし、それはここLAではなく、シアトルの街並みを映した映像だった。あちこちで白煙が上がっている。時々爆発したような輝点が見えるのは、恐らく電気自動車の爆発だろう。暴徒が、腹いせにそれら高級車を破壊して楽しんでいるのだ。

　率直に言って、シアトルの状況は、昨日のLAより遥かに酷かった。LAは、まだしも、そこを支配するギャング団によって彼らなりの統制が取れていたが、シアトルにはそれすらないのだ。バトラー率いる99パーセント、〝ナインティ・ナイン〟。もしくはセルを自称する集団が、破壊の限りを尽くしている。

　シアトルの治安回復に当たるカナダ国防軍は、完全に舐められていた。何しろ彼らはかき集められた予備役兵の集まりで、その装備も、陸自かカナダ軍かと言うほどに時代錯誤だった。

　土門には、北米派遣統合司令官という肩書きが用意されていた。映像回線の向こうにいた陸上幕僚長の説明では、その司令官として君を任命するから、水機団他の部隊を指揮せよとのことだった。

　単なる責任の押しつけに他ならない。

「納得してないのは俺だけか？」

「だって、水機団団長が、指揮所スタッフを連れてヤキマの演習場に入った以上、誰かが調整しつつ指揮を執る必要がある。水機団長より、隊長の方が先任だから、水機団を好きに動かして良いというなら、断る理由もないでしょう」

「なんで階級のひとつも上げてくれないんだ？」

「それやったら、次は陸幕長とかの貧乏くじを引く羽目になりますよ。ここらが良いんじゃないですか？　毎朝、市ヶ谷に通って、毎日、何本もセレモニーをこなしたいというならともかく」

「棒給くらい上げてもらわなきゃかなわん」

「愚痴を言っても始まりませんよ。とにかく、この状況を何とかしないと？」

「それって、だからカナダ国防軍の責任だろう？」

「バトラーがシアトルに戻ってくることは想定外だったし、カナダ国防軍は、東部沿岸でそれなりに仕事しているんじゃないですか？　五大湖やニューヨークの治安回復とかで」

「取り決めは取り決めだぞ。そういう約束になったから、俺たちは、カリフォルニアに下ってきたわけでさ。また引き返せってのか？　サンフランシスコとか放置して」

「サンフランシスコはここより酷い状況です。あそこはドラッグの蔓延で、元から無法地帯でしたからね。水機団の戦力を全投入したってどうにもなりませんよ」

「いずれにしても、水機団に任せようじゃないか？　ヤキマに展開している一個連隊を陸路シアトルに向かわせれば良い。車両は米側が手配するだろう」

「いきなりあの修羅場ですよ？　どうかなぁ……」

第3水陸機動連隊を率いる連隊長の後藤正典《ごとうまさのり》一佐と、準備室幕僚から副隊長に横滑りした権田洋《ごんだよう》二《じ》二佐が上がってきた。

第3水機連隊は、まだ立ち上がったばかりだった。ヤキマで演習中の所を駆り出された。

「そちらはどんな様子だね？」

「はい。LAXで、睡眠を取りつつ、ターミナル内の掃除に当たっています。死体の類いは、民間人にはきついので」と連隊長が言った。

「隊員だってきついぞ、それは。豚コレラの豚や鳥インフルの鶏の大量処分でだってメンタルは殺られる」

「ええ。しかしまあ、われわれは修羅場を潜《くぐ》って来たので」

「それで、〝在留邦人救難任務部隊〟は、ここで発展的に解消というか、ヤキマの〝北米邦人救難指揮所〟に指揮業務は吸収されることになった。その代わりというか上位に、北米派遣統合部隊というのが出来て、自分がその司令官を任命された」

「当然のことですね。他に務まる人間はいないでしょう」

「煽てられても、褒美は何も出ないぞ。で、回線は繋がる?」

と土門はコンソールにつく待田に聞いた。

「はい。もう繋がっています」

「シアトルの状況は把握しているかね?」と二人に聞いた。

「指揮所のモニターで、このスキャン・イーグルの映像を見ています。ちょっと酷いですね。まるでクインシーのわれわれです。津波のように暴徒がやってくる」

モニターが切り替わり、ヤキマ空港の〝北米邦人救難指揮所〟が映し出された。統幕運用部付きの三村香苗一佐が映っていた。ヘッドセットを被る前に、三村は早口で何事かを命じていた。そしてようやく視線をカメラに戻した。

土門は、ヘッドセットを被り、二人にもそれを装着するよう命じた。

「すみません、陸将補! ロシアの〝ベアD〟哨戒機が、アリューシャン列島の孤島を次々と領空侵犯してペトロパブロフスクへと引き揚げていきました。それで、少しバタバタしていました」

「打てる手は無いだろう。たかが離島を守るために貴重な防空部隊は置けないし、ロシアが挑発してきたからと、それに乗って撃ちまくるわけにもいかない。現状では無視するしかないと思うが?」

「はい。仰る通りです」

「そっちはいったいどうなっているんだ? カナダ軍の動きが鈍いようだが?」

「はい。オブザーバーとしてここにいるアイコ・ルグラン少佐が、カナダ国防軍・統合作戦司令部《CJOC》に度々援軍の要請を出しておりますが、埒があかないというか、色よい返事を貰えておりません」

「どういうことなの？　ルグラン少佐を出してくれ」

ルグラン少佐が、ヘッドセットを被りながら横から入ってきた。恐縮した顔で、まず「申し訳ありません」と頭を下げた。

「少佐、言うまでも無いが、ワシントン州の治安回復と維持は、カナダ国防軍の分担だ。だからわれわれはカリフォルニア州へと南下した。シアトルの治安が悪化するだろうことはわかっていた。なのに未だに援軍が出ないのはどういうわけだ？」

「CJOCとしては、五大湖周辺や、ニューヨークの治安回復を優先せざるを得ず、こちらに回せる戦力は無いということらしいです。出来ないとは言わない。ただ、直ぐには動けないと」

「話が違うではないか？　では君たちは、陸自に援軍要請するという理解で良いのだな？」

「はい。そうするしかありません。それも、緊急に必要です」

「ヤキマの演習場に展開した水機団一個連隊を出動させる。この兵力でも大丈夫かどうかはかなり怪しいが。しかし、そうするからには、カナダ政府から正式な援軍要請を日本政府に出してもらわなければ困る。その程度の礼儀は尽くしてもらいたい」

土門は容赦無く要請した。

「はい！　それは重々承知しております」

横で聞いていた三村が、「少佐、ちょっと外して下さい」とカメラの前からルグラン少佐を退かした。

「陸将補。彼女は、そんなに強い立場ではありません」

「私の知ったことじゃないぞ！」

「人口四千万のカナダが、押し寄せる避難民を面倒見つつ、治安出動に当たっています。現役二万、予備役二万の兵隊でそれをやっています。これ以上の増援は無理でしょう。そして、M‐16しか持たない部隊が、シアトルのあちこちで孤立し、全滅しかけています。われわれは、カナダから様々な援助を貰っています。とりわけ燃料関係で。自分としましては、今後とも良好な二国間関係を維持するために、いろいろ不満な所は抑えて、カナダ軍の支援に当たって頂ければと存じます」

「われわれが出動し、数十名の犠牲者を出したら、カナダ政府は満足するのか？」

「いえ。実際、空港周辺から、着陸進入中の民航機に向かって発砲がありました。そのせいで、民航機は今全て、バンクーバーへと向かっています。それだけカナダに負担をかけているのです」

「奴らはフィフティ・キャリバーまで持っている。その程度のことはしてくるだろう。空港だけ守って済むなら軍隊なんぞ要らんぞ」

土門は、ちらと水機団の二人を見遣った。少し言い過ぎでは？　とその顔に描いてあった。

「了解した。そこの演習場に着いたばかりの部隊をまず出す。それで様子を見よう」

「日没前にお願いします！　でなければカナダ軍は全滅します」

「努力する。ＬＡ、アウトだ——」

敬礼する三村に対して、待田から回線を切った。

「では、そういうことで、水機団本隊にご出動願うとしよう」

「そのことなのですが、自分たちに出動命令を下さい！　二人で話し合い、ＬＡＸに展開する中隊長らの了解も得ました」

と後藤が提案した。土門は、「はあ？」と口をあんぐりと開けた。

「君ら！……、部隊立ち上げ早々に、あんな過酷な戦場を次々と戦い抜き、死にかけ、実際に犠牲も払って、何を好き好んでそんな無茶なことを言うんだ？」

「水機団と言っても、ヤキマにいるのはほんの一個連隊のみです。しかも到着したばかりで右も左もわからない時差惚け状態。そりゃ、歴史はありますが、戦闘経験はゼロ。自分たちの方が、確実に技量、経験、度胸も上回っています。彼らだけで、あの敵の相手をさせるのは忍びない。それに、バトラーには部下を殺されました。仇討ちするチャンスが欲しいです」

「ここはどうするんだね？　LAのまだ半分しか治安回復できていないし、この後、サンフランシスコ解放の任務もある。それでようやく加州の大半を治安回復できたと言える。途中で投げ出せないぞ？」

「サンフランシスコの治安回復に関しては、ここと同じやり方ではダメです。ここでは徒手空拳で展開し、運良く地元ボランティア部隊との協力が得られて空港を奪還できましたが、サンフランシスコで同じことが出来るとは思えません。せめて、生き残っているだろう地元の行政当局や、警察組織と接触し、互いに補完しながら治安回復に臨むべきです」

「そこは私も同感だが……」

「昨夜はLAX。今夜いきなりサンフランシスコへ移動というわけにもいきませんよね？」

「それを言うなら、シアトル他の戦場に向かうのも同じだぞ？」

「彼らは同じ釜の飯を食う仲間です！　言っては何ですが、これが即機団や空挺なら、知らん顔もできる。でも、自分たちが共に戦うことで仲間の犠牲を減らせるとしたら、逃げるわけにはいきません。行かせて下さい！　部隊の総意とお考え頂きたい」

「変わったな……、君ら。ヤキマではあれだけ、戦闘を嫌がったくせに。LAXは、君たちがいなくとも今夜一晩持ちそうなのか？」

「問題ありません。朝一から空港の外へ出て、幹線道路の要所要所に土嚢を積んでの防御陣地と検問所を設けました。そこには、例のボランティア・グループの元ギャングというか、地元民兵が入っており、警察消防のパトロールも復活しています。ボランティア・グループにはドローンもあり、夜間の警戒監視も可能です。

空港は、海上からの着陸、そして海へ向かっての離陸で、シアトルのように街中から撃たれる心配もありません。航法援助システムの自家発電装置も再始動し、二四時間運用できます。空港内に留まっていた邦人避難民は今夜中に帰国便に乗り、逆に、運び込まれる支援物資は、空港を拠点に徐々に市中に拡散していきますから、空港周辺から治安は回復することになります」

「今日は、ここポイント・マグーから海沿いのルートを啓開して街中への補給路を確保する予定だったわけだが……」

「LAXが利用出来る今となっては、ここをLA補給の拠点とすることは最重要案件では無くなったと言えるでしょう」

「残念だな。景勝地で眺めも良くて良い気休めになるはずだったのに……。ちょっと考えてみる。時間をくれ。LAXの部隊に撤収準備を。命令ではなく準備だ。ターミナル内警備を含めて、自衛隊撤収が可能どうかさらに検討する」

「有り難うございます！」

と二人が納得した顔で敬礼して〝メグ〟を降りた。

「呆れた！――。なんだ？　あの後藤って奴は。

あいつさ、ヤキマじゃ五分置きに娘をどやしつけたんだろう？　外務省の尻拭いなんぞさせやがって！　と」

「良いじゃ無いですか。犠牲を払ってなお、部隊として指揮官としても成長したということでしょう。それに、LAXから邦人がいなくなり、自衛隊も撤収できるということは、恵理子《えりこ》ちゃんもLAXから出られるということですよ？」

「あいつを帰国便に乗せろ！　手段は問わない。LAXを出るとなったら、シアトルの総領事館に戻るとか言いかねないぞ」

「それで……」

と待田は、書き留めておいた付箋をモニターのフレームに貼って読み上げた。

「メモした検討材料です。1、空港としてのLAXの安全確保。2、LAXターミナル内に留まる避難民の安全確保。3、LA全域の治安回復へのの影響。4、シアトル治安回復任務への必要性等ということになりますが……」

「うちの二個小隊はどうなっている？」

「一通り警備の手筈を付けて、ターミナルのどこかで寝ているはずです。銃を抱いたまま。ナンバーワンを呼び出しますか？」

「いや。まだ良い。もし投入ということになれば、LAXから直接民航機に乗り込み、その銃撃を受けているとかいうシアトル空港か、手前のマッコード空軍基地、って、この名前なんなの？　他にも呼び方あるよね？」

「そこの正式名称は〝ルイス・マッコード統合基地〟です。二〇一〇年の陸軍と空軍の基地の統合でそういう名前になりました。でも陸軍派は未だにフォート・ルイスと呼ぶし、空軍派は、マッコード空軍基地と呼んでるみたいですけどね。全米でも最大規模の軍事基地です」

待田は衛星画像をモニターに出してズームして見せた。

「タコマの南西。メイン滑走路は、南北に走る空軍のこれですが、そこから一〇キロ、延々と軍のエリアが続いて、巨大な鉄道引き込み線もあり、西端には陸軍の滑走路もあって、ここは陸軍航空隊にしては、長い滑走路ですね。レーニア山を経て一五〇キロ内陸側にヤキマです。陸軍部隊として、第7歩兵師団がいることになっていますが、司令部要員やロジ関係のみで、実体はないですね」

「じゃあ、着いた頃にシアトル空港が陥落していても降りる場所はあるんだな?」

「はい。いざとなれば、ヤキマや南のポートランドに降りれば済む話です」

「ではこうしよう。まず、ヤキマの水機団から第2連隊に出動を命令。まっすぐシアトル空港へと向かわせて空港の安全とカナダ国防軍の救援に当たらせる。その後藤さんの部隊は、空港へ着陸後、部隊合流して市内の治安回復に当たる。代替空港はマッコード空軍基地に設定。先乗りとしてわれわれが先に出る。ナンバーワン、ツー、どっちが起きているの?」

「ええと……、原田《はらだ》三佐が起きているはずです。サウンド・オンリーですが、呼んでみます」

　と待田が素早く無線スイッチを切り替えた。

「ハンター、こちらデナリだ――。休んでいる所を済まない。シアトルのカナダ軍が総崩れで拙いことになっている。ひとまず、LAXから部隊を引き揚げて良いかどうか判断したい」

「空港自体はもう安全です。自警団が立ち上がって、ターミナルの中もパトロールが始まっています。片付けもそこそこですし、食料が行き渡り、仮設トイレも届いて、大きな不満は無くなりました」

「今夜もちそうか？」

「たぶん心配ないでしょう。例のボランティア部隊には、軍の経験者もいて、それなりに強武装ですから。しかしLA全体の治安回復はどうするのですか？」

「それはちと考えている」

「市内で立て籠もっている邦人から救難要請が届く可能性もありますが？」

「携帯も繋がらないし、総領事館まで辿り着けるようなら安全だと判断するしかない。邦人の退避は、総領事館の、あの二枚目書記官がやり遂げるだろう。もう護衛も必要無い」

「では、水機団も全撤退するということですね？そこの指揮所も畳んで」

「そういうことになるな」

「自分としては、一個小隊の残留を提案します。何が起こるかわからない。韓国軍が入るという噂があるようですが？」

「一応、要請は出してある。韓国の総領事館筋からそういう情報が出たなら、やってくるということだろう」

「では、調整役も兼ねて、姜小隊を残留させるのがよろしいかと。あの人、ちょっとお疲れのようだし。それに、戦闘服姿の軍隊がターミナルを歩いているだけで、避難民は安心できる。自家発電依存なので、夜のターミナルは暗くなる。夜が明けたら、また避難民も空港に殺到してきます。シアトルへは自分らが先乗りしますので」

「わかった。では君らは撤収してくれ。C‐2をそっちに降ろす。そこから直接シアトルへ向かってくれ」

　LAからシアトルまで、北へまっすぐ飛んで一五〇〇キロもある。日本で言えば、千歳‐福岡を東京経由で飛ぶようなものだった。

サイレント・コアの一個小隊を率いる原田拓海《たくみ》三佐は、太平洋航路のエアラインが使用するターミナルBの外交官詰め所へと向かった。

日本韓国、東南アジアなど、中国を除く各国領事館の職員らが、そこで立て籠もる避難民のケアを行っていた。中国だけは、そこから更に沖のターミナルに立て籠もっている。こちらもひっきりなしに中国からの民航機が飛んでくる。往路便は、アメリカ人への贈り物と称して生活物資を満載し、帰国便は、中国人避難民を乗せていた。

水平線の彼方では、アメリカを内側から破壊しようと中国海軍艦隊が睨みを利かせているのに、奇妙な光景だった。

原田は、そこを仕切るロスアンゼルス総領事館の藤原兼人《ふじわらかねと》一等書記官を隣の救護所へと誘った。

その救護所は、メディックでもある原田が立ち上げたものだった。

左腕に怪我をしている藤原を「包帯を交換しましょうか？」と椅子に座らせた。

土門《どもん》恵理子二等書記官が、ウォーキートーキーとノートを持って付いてくる。空港前の路上に作ったゲート前には、国外脱出を願う外国人たちが車で長蛇の行列を作っている。

車を捨て、キャリーバッグを引いて歩いてくる避難民らもいた。その行列自体一キロを超えていた。パスポートをチェックし、しばらく歩かせてから、空港内シャトル・バスに乗せ、ターミナルまで運んでいた。

恵理子は、そのチェックポイントで、日本人であることを申告した人間の名前を聞き取ってメモしていた。

「原田さんの部隊には、彼女が産まれた頃から知っている隊員さんもいらっしゃるとか？」

「ああ。分隊長クラスは、そうかも知れませんね。自分なんて全くの新参者ですから。隊員のほとんどは、彼女がセーラー服を着ていた頃からの知り合いで、いろいろ武勇伝も知っているそうですよ。夜道で痴漢を取り押さえた話とか」

「止めてよね、原田さん。私、おしとやかなイメージで売っているんですから」

と恵理子が顔を赤らめて窘めた。

「避難民はまだ増えそうですか？」

「LAXが復旧したというニュースで、夜明けからだけで五〇〇名を超える邦人が、ありとあらゆる方法で空港まで辿り着きました。自転車で二〇キロ走って来たという若者もいます。まだ万の数の邦人が街に立て籠もっている。明日以降も続くでしょう」

「そうですか。申し訳ありませんが、自分らはシアトルに戻ることになりました。ただし、姜二佐の小隊だけは、万一のためにここに残ります。カナダ軍が総崩れ状態で、救援が必要です」

「バトラーが率いる暴徒集団ですね……」

「あれは、ロシアの民間軍事会社が顧問として付いています。どこが治安のウィークポイントかを探って仕掛けてくる。シアトルの総領事館はどの辺りにあるのですか？」と原田は恵理子に聞いた。

「いわゆるダウンタウンです。一等地ですよ。すぐ近くに空港があります。今のシアトル・タコマ国際空港が出来る前まで使っていた空港で、ほんの一〇キロも離れていない。正式名称はキング郡国際空港。地元民は、ボーイング・フィールドと呼びますが。最初は避難民が立て籠もり、その後は暴徒との撃ち合いとかあって、空港自体は、今滅茶苦茶です。飛行機は降りられない。総領事一行は、他の外交団と一緒に、ダウンタウンを放棄して、シアトル空港へと向かい、避難民の脱出を指揮したはずです。幸いあそこは、自衛隊機がずっと降りていたので、邦人自体はほぼ避難しているはず。避難意思のない邦人が、まだ千人かそこいらいるとは思いますが。私も乗せて行って下さい」

「先に、隊長を口説いてもらえますか？」

と原田は困った顔で言った。

「原田さん、拒めないでしょう？　外務省がその作戦に同行させせろと言えば、断れない」

「それ、ブツブツ小言を食らうのは、恵理子さんでなくて、われわれだし、万一のことがあったら、隊長から殺されます」

「危険を負うのは仕方無いことです。われわれには国民に対する奉仕の義務がありますから」

原田は助けを求めて藤原を見遣った。

「申し訳ないですが、原田三佐。私はＬＡ総領事館、彼女はシアトル総領事館の配属なので、上級と言えども、それをやめろと言う権利はありません」

と藤原が済まなさそうに言った。

「自分は知らなかったことにしますから、水機団連隊の便にこっそり乗って下さい。でも、ここでも仕事はあると思いますよ？」

「ここの総領事館は無事らしいし、ドンパチが無いんじゃ、ここにいる意味がないわ」

藤原が笑った。

抗生物質を塗って包帯を交換し、最後に熱を測った。

「もう治りかけていますよ。お若い。あと二日くらいは、水に濡らさないようお願いします」

原田は、下のアライバル・デッキに降り、指揮所の中に置いたソファにミリタリーブーツの足を投げ出してうたた寝する姜二佐を起こし、状況を話した。

「まあ、一個小隊は残った方が良いわよね。韓国軍が来るって本当なの？」

「上の領事職員らで、そういう話が出ているらしいことは聞きました。どの程度堅い話かはわかりません」

「ここも韓国系は多いし、お互い植民地同士。米政府への忠勤合戦で出遅れるわけにもいかないわよね」

原田は、近くに誰もいないことを確認してから
「大丈夫ですか？」と聞いた。

「勘弁してよ……。何なら代わっても良いのよ？」

「いえ、LAXはそちらが先乗りだったので、今度は自分らです。あと、恵理子さんが、連れて行けとしつこいんですけど？」

「父親が心配なのよ。いいじゃない連れて行けば」

「そうは言っても戦場ですよ？　ヤキマでも危うく死にかけた」

「じゃあ、貴方に聞きますけど、彼女が娘でなく息子だったらどう？　そこまで嫌な顔をする？　貴方たちのその心配は、所詮はただの性差別よ。彼女は、戦場がどういう所か誰より知っている。彼女が行きたいと言えば、私は拒まない」

「わかりました。後をお願いします」

原田小隊は、一時間後、北側滑走路に降りてきたC‐2輸送機に乗り込んだ。そのC‐2は、コンテナ型指揮通信車両〝ベス〟を空港で降ろし、姜二佐は、ターミナルB下に置いた〝ベス〟へと全ての指揮通信機能を移行させた。

フェイズド・アレイ・レーダー装備。ルーフには、地対空ミサイルまで装備する。その気になれば、この指揮車両のみで、LAXの空域を管制、

民航機を誘導できた。

銃痕だらけになった管制塔も、復旧しつつはあったが。

〝ベス〟のシステムが立ち上がると、土門は、〝メグ〟のシステムをシャットダウンさせ、ライフ・サポート車両〝ジョー〟とともに、C-2輸送機二機で原田小隊を追い掛けた。

アドミラル・クズネツォフ級空母〝遼寧《リアオニン》〟（六〇〇〇〇トン）の飛行甲板に、次々とヘリコプターが降りてきて、艦長を降ろしていく。その数七人、〝七星作戦〟に参加するフリゲイトの艦長たちだった。皆若く、意気軒昂、士気も高い。全員が次代の中国海軍を担うエリートたちだった。

その先頭に立つ江凱《ジアンカイ》Ⅱ型（054A型）フリゲイト〝九江《ジウジアン》〟（四〇五〇トン）の艦長徐宝竜《シューバオロン》海軍中佐は、最後の二人が現れるのを作戦室で待っていた。直前に〝宜興《イーシン》〟の搭載ヘリに不具合が見つかり、僚艦のヘリに拾ってもらう羽目になったせいだった。

その艦長・唐慶林《タンチンリン》中佐が、首の後ろを掻きながら入ってきた。

「いやぁ、遅れて済まん！　発艦直前に、エンジンの油漏れが見つかってな。大丈夫だ。ここから整備兵を派遣してもらう」

最後に、彼を乗せてきた〝日照《リーチャオ》〟艦長・馬東明《マドンミン》中佐が、「時化が酷くなりそうだ……」と入って来た。

「これで揃ったな。針路変更の指示を不審に思っただろうが、これから敵のヘリ空母を追い詰める作戦を立てた。〝煙台《ヤンタイ》〟撃沈の弔い合戦と行きたい所だが、それほどの優雅さはないし、そもそもミサイルも弾も撃たない。ここにいる七人の艦長、そのフリゲイト七隻で、日本のヘリ空母〝かが〟を包囲して翻弄する。すでに気付いていると思うが、日本艦隊は東への移動を開始した。西海岸へ向かっているものと思うが、理由はわからない。不利を悟っての退避か、ロシア軍の攻撃に備えているのか、あるいはどこかに入港しての補給なのか。艦隊速度は二〇ノット、我が艦隊の北を掠めることになる。それで、各艦には、やや北寄りの迎撃コースを取ってもらった」

「翻弄とはどういう意味だ？　攻撃しないとあっては、翻弄もくそもないだろう？」

唐中佐が質した。

「われわれの目的は、目障りな日本艦隊を下がらせることだ。撃沈できるならそれに越したことはないが、そうすると、アメリカの激烈な報復を招く。フリゲイトにはフリゲイト。空母には空母で、たぶんこちらの正規空母が攻撃を受ける。それは避けたい。だが攻撃せずにどうやって敵を撃退するか？」

テーブルのチャートの上に、軍艦を模した切り絵が置いてあった。自衛艦は青、解放軍艦艇は赤くマジックで塗られていた。その中央に、やや大きい、青く塗られたヘリ空母が鎮座していた。

徐中佐は、テーブルに前屈みになり、赤い味方艦二隻を動かして、徐々にヘリ空母へと近づけて、最後には挟み混んで衝突させた。

「冗談は止してくれ！　たかが四千トンのフリゲイトで、二万トン超えのヘリ空母に突っ込めというのか？」

「それはさすがに無理だ。まあ、接触する可能性があるならやっても良い。乗組員の大半を降ろし、ブリッジ要員だけで操艦して突っ込むとかな。だがそれは敵が許すはずもない。だから実際は、こう……、敵の軍艦が盾となり、乱戦となる」

徐は、赤青の軍艦が入り乱れて青いヘリ空母を攻防する構図を見せた。

「敵艦との衝突は恐らく避けられないだろう。双方傷つくことになる。当然、航行不能になる艦も出てくる。だが、こちらは数で敵を圧倒している。敵側は、四隻五隻も脱落したら、ヘリ空母を守る艦がいなくなる。だがこちらは、七隻のフリゲイト全てが脱落しても、まだ三〇隻の軍艦がいる。それで味方空母を守り、なお米側とも戦える。これは、究極的な結果だが、そこに至る前に、ひとつ効果が見込める。われわれの接近を回避する過程で、ヘリ空母は細かな変針を余儀なくされ、戦闘機の収容も、合成風力を得ての発艦もできなくなるだろう。それが最大の狙いだ……。衝突の危険を極力回避して翻弄するとしても、こちらは、他の艦艇と交替すれば良い。二四時間を超えて、それが可能だ。敵の艦艇の数では、それは無理だろう。向こうが最初に根負けすることになる。いずれにせよ、長い時間にわたって、戦闘機の運用を阻止できる」

「良い作戦だと思う！　だが、パッと思い付いた疑問点が二つ三つある。良いかな？」

と馬艦長が口を開いた。この七人の中では、一番のベテランだった。

「どうぞ、馬艦長。遠慮無く突っ込んで頂きたい」

「一つは、皆も知っての通り、日本の軍艦は異様に速い。あれは、大戦中、米海軍に速度で負けたトラウマだろうという噂もあるが、そんな所だろう。表向きは米空母に追随するためだと言われているが。われわれの艦は、出せるとしても三〇ノットを僅かに超える程度だが、日本艦は、古いタイプでも、三五ノットは楽に出せる。つまりそれだけパワーに余剰があり、小回りが効くということだ。追いつけないし、そもそもが、せめぎ合いは向こうが有利となる。ヘリ空母が最高速度を出したら、まあこの時化で三五ノットは難しいだろうが、それでも、われわれより速く走れるということだ。逃げ切れるかも知れない。それと、どこかの時点で、敵がブチ切れてミサイルなり主砲を撃ち込んで来る危険は考慮したかな？」

「まず前者の速度差の件ですが、本作戦の最大の懸念事項であり、失敗する最大の原因になるだろうことは言うまでもありません。そのために、七隻を用意しました。常に、何隻かは、相手に先回りすることが成功のための条件になります。後者に関しては、先に相手に撃たせれば、こちらで何隻が犠牲になろうとも、日本艦隊を潰滅する正当な理由になるだけです。空母戦闘機が仇を討ってくれるでしょう」

「うーん……。たとえば、今この瞬間に、敵がこちらの意図に気付いてアラスカ方面へと脱兎の如く走り始めたら、われわれは追いつけないわけだが……」

「しかし、もしそうなれば、実は、この作戦の目的を半分、達成したことになります。ヘリ空母の艦載機をそれだけ遠ざけるわけですから」

「それは言えるな。では、安全策で行こうではないか？　人民の血税で建造した艦だ。何も好き好んで壊す必要は無い。この時化では、落水してもなかなか助からないぞ。こちらの意図が敵に伝われば、敵もそれなりに応戦するだろう。向こうからぶつかって来ることも無い。それに、君たちはわかっていると思うが、日本の軍艦はわれわれよりでかい。古いタイプの艦でも五〇〇〇トン超えだ。こっちは満排水量で四〇〇〇トン。しかも、装備が多く、日本の軍艦よりトップヘビーだ。衝突でもしたら、すぐひっくり返るぞ」

「本当に実弾はなしなのか？　たとえば、艦尾デッキに水兵を並べてアサルトで脅す程度のことは良いんじゃないのか？」

　と唐が言った。

「駄目だ。敵に発砲の口実を与えるようなことは厳に慎む。そもそもこの時化だ。デッキに水兵は出さないという規則を徹底してくれ。艦内乗組員は、全員救命胴衣着用の上、非番の兵士も含めて避難路の近くに留まるように」

「貴様はここから指揮を執るのか？」と唐が聞いた。

「いや、自分の艦で指揮する。万一、敵が無線妨害を仕掛けてきたら、各自の判断で妨害行動に出てくれ。事故を避けつつ、敵のヘリ空母に舵を切らせる」

「賭けないか？　この七人の合議で、そのヘリ空母を最も追い込んだと判断できる艦の艦長に、全員で小銭を出し合い、フランス産の高級ブランデーを一本！」

「良いだろう。その程度の楽しみはあって良い。だがまずは、この作戦を生き残らないとな。敵はでかい。相手が旧式のフリゲイトであっても油断するな。では解散だ。諸官の健闘を祈る！」

　飛行甲板で待機していた各艦の搭載ヘリは、艦長を拾って次々と発艦していった。水平線は暗く落ち込み、どこに水平線があるのかわからないほどだった。

　全てのヘリが発艦すると、J‐11戦闘機の二機編隊が派手な水煙を立ててスキージャンプ台から発進していった。


　ヘリ空母〝かが〟の旗艦用司令部作戦室《FIC》で、〝北米支援艦隊司令部〟司令官の井上茂人海将と司令部航空幕僚の村谷澄弥一佐、そして第四護衛隊群司令の牧野章吾海将補、幕僚長の仲野正道一佐が、大きなスクリーンの前に立って、腕組みしていた。

二時間前からのデータをリワインドして、中国艦隊の位置をトレースしていた。

艦隊情報幕僚の喜久馬真子《きくままさこ》二佐が、コンソールのトラックボールを操り、目立つ動きをする七隻のフリゲイトを赤いマークで覆った。

「ご覧のように、七隻のフリゲイトが、艦隊の中心軸から離れて、北西へと移動を開始しました」

「これ、われわれがシアトルへの針路を取った後のことだよね？」

と牧野が聞いた。

「一見、そう見えますが、この一隻だけは違います。054A型フリゲイト〝九江〟ですが、その前から北東へと針路を取っており、恐らくその艦載ヘリが、その直前に発艦して、敵の正規空母へと向かっています」

「で、今また、この七隻を発艦した艦載ヘリが、空母〝遼寧〟へと向かい、戻って来て、この動きになったと……。どういうわけだこれは……。われわれの頭を抑えようということなのか……」

「一応、確認しておきますが、この後も頻繁に、F‐35Bを収容、発艦させる必要があり、その瞬間は、前後しばらく合成風力を得るために、本艦は風に向かって走る必要があります」

と航空幕僚が注意を喚起した。つまり、その時は、敵がどこにいようが、真っ直ぐ走るしかないということだ。

「七隻は多いな……」

と井上が呻くように言った。

「これが仮にサッカーなら、一隻につき、こちらの護衛艦を一隻割り当てて、見張らせるわけだが……。群司令、やるべきだと思うか？」

「七隻もは無理です。艦隊防空が疎かになる。敵のターゲットは、当然本艦でしょうから、本艦の

すぐ近くに七隻の味方艦が固まることになります。それは避けたい。ミサイルでなくとも、主砲攻撃であっという間に全滅します。これは何というか、冷戦時代の米ソ艦隊のせめぎ合いを再現することになりかねない」

「だが、われわれが想定した通りの作戦だとしたら、賢いやり方だ。異様に賢いぞ！　いきなり本艦を攻撃して、もし撃沈できても、報復は過酷なものになる。当然、まずわれわれが敵空母を攻撃する。Ｆ‐２やＰ‐１、それにＦ‐35から対艦ミサイルをバカスカ喰らって、虎の子の空母を失う羽目になるだろう。たかが二万トンの空母擬きを沈めた反撃に六万トンや八万トンの正規空母を沈められてはたまらんだろう。だが、鍔迫り合いの嫌がらせで、本艦の作戦行動能力を奪うことが出来れば、それで撃沈相当の結果を得られる。なおわれわれには反撃の理由はない。こんなことを思い付いた奴に、勲章でも上げたいな……」

「司令官、感心している場合ではありません。深刻な事態です」

「いやでも、相手はフリゲイトですよね？　軍艦のことは知らないが、確か054Ａ型は、中国海軍のワークホースとして大量に建造されたが、四千トンのはずだ」

　と村谷が指摘した。

「そう。そして、こちらの方が速い！」と牧野が言い添えた。

「これは大きなポテンシャルだけど、この〝かが〟を守って逃げるというわけにもいかない。彼らがどこまでやる覚悟なのかが問題になる。もし、鍔迫り合いの結果として、衝突して損傷するもよしとするなら、こちらが圧倒的に不利だ。でかいというだけで、壊れないわけではないからね。そして隻数は少ない。向こうは、次々に軍艦を突っ込んでぶつけてこられるが、こちらはそうは行かない」

「増援も向かってはいるが、われわれが東へと向かっている分、距離は縮まらないしな。群司令、ひとまず、全艦隊に警告を発してくれ。敵フリゲイトに鍔迫り合いの意志ありと認む。全艦、乱戦と衝突に備えよと！」

「どうなるんですか？」

と村谷が聞いた。

「つまりこうなる。われわれは全力で回避行動する。つまりひたすら逃げる！　だが、戦闘機の運用の必要から、長い時間まっすぐ走ったり、時にはUターンする必要も出てくる。それでまごついている隙に、敵艦が近付いてくる。たとえば……、これだ。本艦に一番近い僚艦は、この南側にいる〝きりさめ〟だ。ＥＳＳＭミサイルを搭載し、いわゆる僚艦防空性能を持っている。本艦から二〇キロ南か。水平線上、わずかにマスト程度は見えるだろう。その更に外側にイージス艦がいるわけだが、敵艦が接近してくると、それらの護衛艦が、まず敵艦を邪魔することになる。接触覚悟で右へ左へと互いに翻弄し合ってね。敵はそれを回避しつつも、本艦に向かってくるだろう。護衛艦もそれを邪魔しつつ、結果として、本艦に近付いてくる。それを七隻でやられるとなると、本来、半径数百キロの広大なエリアに散らばっている艦隊が、ほんの半径一〇キロ内に固まってくる。こうなると、正月ポスター用の記念写真だ。艦隊行動もくそもあったものじゃない。当然、戦闘機の運用もできなくなる、われわれの負けだ！——」

「それで、どう対応するのですか？」

「逆に航空幕僚に聞きたいよ。戦闘機の運用ができないとなれば、どうすれば良い？」

「事前に上げておくしかありません。パイロットの体力より、先に燃料が尽きるわけですが、海兵隊のKC‐130など、空中給油部隊は、ハワイから飛んできてくれます。西海岸からもね。その給油作戦をうまいこと組めば、四時間から六時間、滞空はできるでしょう」

「この鍔迫り合いは、たぶん日没後が本番になるぞ。そんなに長い時間飛ばせるのか？」

「いざとなれば、西海岸や、後方の〝いずも〟へと向かわせます。無理に本艦に降ろして、艦の動きを封じるよりはましです。米空軍や海軍との調整が必要になりますが」

「戦闘機は大食漢だよね。燃料をバカ食いする割には、長時間は飛べない」

「やるしかありません。失礼します！」

村谷は駆け足でＦＩＣを出て行った。

「どうなると思うね？」と井上は牧野に聞いた。

「自分が、この作戦の立案者なら、いきなりの衝突は避けます。フリゲイトとは言え、こちらと刺し違えるのは合理的じゃない。ひっくり返る確率は向こうの方が高いわけで。なので、ぎりぎり翻弄して、航空機の発進を阻止することに勝利条件を置くでしょう」

「こっちだって、衝突は拙いよね。旧式艦はともかく、高価なイージス艦を盾には使えない」

「同感です。ちょっと、ブリッジにいる艦長と話して来ます」

四群司令が出て行くと、幕僚長の仲野が「今の内に増速しますか？」と提案した。

「そうだな……。幕僚長の意見は？」

「われわれが今、増速すると、敵の意図に気付いたことを悟られます。戦闘機の全機発艦には時間が掛かる。今任務中の戦闘機も、いったん降ろす必要があります。増速すると、敵との接触を速めることになる。しばらくは、気付かないふりがよいかと。ただ、互いが接近していることは双方承知なので、多少の針路変更はあっても構わないかと思います。接触を避けるための一般的な回避コースだと相手は理解するでしょう。それでさらに時間を稼げます」

「そうだな。それで行こう！」

　艦隊は、やや北向きの針路を取って変針した。向かってくる中国艦隊との接触を僅かに遅らせようという程度の変針であって、逃げているようには見えない程度の変針に留まった。中国側も、別段気にはしなかった。

第五章　リトル・トーキョー

ヘンリー・アライ巡査部長が運転するニッサン・NVパッセンジャーは、110号線を比較的安全に走っていたが、南カリフォルニア大学《USC》を左手に見て、少し右へカーブする辺りでデッドロックにぶち当たった。

　路上に大量の車両が放置されていた。そのほとんどに炎上した跡があった。下の道に降りないでもなかったが、空港からの補給路をダウンタウンに通すには、この幹線道路を走る必要がある。

　ジャレットの判断で、消防車とブルドーザーを呼び、道路啓開に当たることになった。別に急ぐ仕事ではない。日没までにリトル・トーキョーにたどり着けばよしとした。そこからリトル・トーキョーまで歩いてもほんの一時間の距離だったが。ただし誰からも襲われなければ――。

　道案内するアライ巡査部長は、それだけはお勧めしないということだった。ロスアンゼルスには珍しい雨が降っていた。乾いた街で、滅多に雨は降らず、街はいつも埃っぽい。

　車のエンジンは、もう何時間も止まったままだった。

「君は、この街には詳しかったんじゃないのか？」

　助手席に座るFBIのニック・ジャレット捜査

官が言った。

「だって、LAは広いですからね。それに、ここで車を運転したこともない。テキサスのアビリーンに引っ込んでから、何しろあそこも田舎ですから、夏にいつも一、二週間、伯母の家に遊びに戻ってきていたんです。小学時代の友だちと遊んだりして、ハイスクールに上がってからは、一ヶ月泊まり込んでバイトしてました。だから自転車で走れる程度の範囲内のことしか知らない。リトル・トーキョーの周囲しか」

「市庁舎は見えないのか？」

「ここからはビル陰で見えないですね。その目の前のビル群がダウンタウン、その右手がリトル・トーキョー。すぐ奥にユニオン駅があって、さらにドジャース・スタジアム。スタジアムのすぐ手前がチャイナ・タウン、そして、この高速の左手がコリアン・タウンです。でも今は、リトル・トーキョーだからと日系人だけ暮らしているわけじゃない。その辺りの境界は、僕らが育った頃からもう大分曖昧だった。ただ東洋系が多いというだけで」

「治安が悪そうには見えないけどな」

「どこの都市でも、ダウンタウンって治安は良くないですよね。ニューヨークの五番街とかも。リトル・トーキョーの端に、LA消防局と真向かいに白い市庁舎があるわけですが、LAPDのヘッドクォーターも事実上、隣にある。観光客のフォト・ロケーションになっている日本村プラザや、その後も芸術家村とか成功したのですが、そのすぐ南にスキッド・ロウという、ちょっと厄介なエリアが残されて、ここはここで、結構凄いエリアです。僕もここに入ったことはない。クスリ、マフィア、ガン、売春、路上生活者、何でもありです。アジア人はたいしていない。やはりアフリカ系やラティーノがメインです。その日本村プラザから一本通りを渡ってこれも観光地の日本庭園のすぐ南が、もうそのエリアですから。ＬＡは、そういう所です。通り一本挟んで、治安良好な街と、ゾンビ・ドラッグと銃が支配する街が隣り合っている。平和に共存している。ここからまっすぐリトル・トーキョーに入ろうとしたら、そこを掠めるしかない。全くお勧めしませんね。ダウンタウンを回り込むしかありません」

「このビスケット、意外に美味しいわよ？」と後部座席で、援助物資のビスケットを頬張るルーシー・チャン捜査官が言った。

「ルーシー、君は、チャイナ・タウンに親戚とかいないのかね？」

「探せば、ＬＡに誰かが住んでいるとは思いますけど、うちは親の代からもうそういう親戚付き合いは希薄で、お役には立てないですね」

南の方ではもう火災はほとんど収まっていたが、ここから見渡す北部の街は、まだあちこちで煙が上がっていた。

ラジオを点けると、例のボランティア団体の呼びかけがずっと流れている。安全なエリアや医療援助が得られる場所を繰り返しアナウンスしていたが、彼らが今いる場所以北の情報は何もなかった。つまり、ここから北は、まだまだ騒乱地帯なのだ。

遥か前方で、何か蠢《うごめ》くものがあった。消防車の赤色灯が見える。一瞬白煙が上がったが、それは火災では無く、消防車の放水だった。ダウンタウン側からも消火が始まったのだ。

消防隊員が車の窓を叩いて、向こうからも放置車両の排除が始まったと報せてきた。ショベルカーが強引に車を引っかけて持ち上げ、下の道に放り出していた。

その後を放水で綺麗にして道を開けていくのだ。ジャレットらの背後には、ダウンタウンに支援物資を運び込むトラックやコンテナ車が数珠つなぎになっている。きっとその姿がダウンタウンからも見えたのだろう。

「このハーバー・フリーウェイは、普段から渋滞が酷い道ですけどね」

「ルーシー、退屈しないか？」

「ええまあ。でも張り込みだと思えば楽な方ですよ。アカデミーを終えてすぐ、ニューヨークのチャイナ・タウンで、マネーロンダリングの捜査班に入りました。ゴキブリが這う雑居ビルで、一日中、人の出入りの監視です。こんなの監視カメラを据え付けるだけで済むのにと思いましたけどね」

ジャレット捜査官は、右手にM‐4カービンを持つと、ドアを開けて外に出た。雨は、傘が必要なほどではない。ジャレットは、銃を肩に掛けたまま、前後一〇〇メートルほどをゆっくり散歩して戻ってきた。

それは下の道からこちらを窺う賊に向けて、この車列は、武装した人間が守っているぞと誇示するための行動だった。

「何か聞こえない？」とルーシーが気付いた。

アライは、窓から首を出してみた。

「ああ。何か拡声器の音みたいだけど、聴き取れないな。どこから聞こえてくるんだろう」

ジャレットが戻ってくると「拡声器で、物資があると言っている。支援物資を配給しているから出て来いと。ありゃ無茶だぞ。人が殺到して奪い合いになる」と言った。

しばらくすると、案の定、前方から銃撃音が響いてきた。前方で、ショベルカーが止まり、消防隊員が壁に身を潜めるのがわかった。

「あと、三、四〇台程度か。ルーシー、車で追い掛けてくれ。いくぞ！　ヘンリー」

　アライ刑事は、サラ・ルイス海兵隊予備役中尉からもらい受けたM24レミントン狙撃銃を手に取って車を降りた。自分の腰に警察バッジがあることを確認し、姿勢を低くして前へ前へと出る。まだ熱気を持つ焼けた車もあり、もちろん臭いも強烈なら、車内で焼け焦げたままの死体が放置されていた。この辺りは何もかも、本当に手つかずなのだ。

　コンベンション・センター手前の駐車場で、小型のバンが数台止まっていた。拡声器の音源はこれだ。一応、護衛は連れてきたらしいが無茶だと思った。

　たぶん、近くに消防車もいて安全だと勘違いしたのだろう。そこは高架部分ではなく、ガードレールがあるだけのジャンクションだった。木立のせいで視界は良くない。

　ただ、どこかのボランティア・グループが、コンベンション・センター方向から撃ってくる相手と撃ち合っていることだけはわかった。

「ヘンリー。どこから撃ってくるか見えるか？」

「その前に、中央分離帯のコンクリ壁に隠れましょう。ここは流れ弾が当たる」

　いったん隣の下り車線へと逃げ込み、更に前へと出た。

「ああ、わかった。コンベンション・センターから、隣のビルへと渡る高架というか連絡橋みたいなのがありますね。そこから撃ち降ろしています。距離はたいしてない。ほんの二五〇ヤードでしょう」

「よし、撃て撃て！　狙撃しろ」

　前方で、消防士らが分離帯の影に身を潜めていた。アライは、匍匐前進の要領で、あっという間に前に出ると、無言のまま銃を構えた。ミル調整するまでもない距離だ。

　バイポッドを分離帯の上に立てて、素早く脅威評価を行った。敵は三人。たぶんラテン系だろう。ピストルを撃ちまくって、何かを怒鳴っていた。

　三人全員の視線が、その駐車場に注がれている。アライは、ボルト・アクションを起こし、北側の敵から一発ずつ狙って撃った。

　三人目に狙いを付けた瞬間、相手がこちらに気付いて視線が合ったが、アライは躊躇わずに引き金を引いた。相手の銃口が上がる前のことだった。

　ジャレット捜査官が駆け寄り、「お見事だ、選抜射手《マークスマン》！――」と褒め称えた。

「彼ら、安全な所に引き返すよう命じた方が良いが、ここの開通を待って、消防車と一緒にダウンタウンに後退させましょう」

「そうだな。いくら武装しているからと、素人がギャングと撃ち合うのは無茶だ。こっちは命が惜しいが、ラリッている奴らはそうじゃないからな」

　ハイウェイから駐車場を見渡すと、車や木立の影に隠れていた若者たちがぞろぞろと出て来た。銃を持っている者もいるにはいたが、訓練を受けているようには思えなかった。ほとんどは学生に見えた。

　白いミニバンが三台止まっている。真ん中に停めたミニバンの助手席から、民間軍事会社風のプレート・キャリアを胸に当てた男が降りてきた。東洋人だったが、少し青ざめているように見えた。その背後から、その様子をハンディカメラで撮影している若者がいた。

　アライは、その男が誰かに気付いて生唾を飲み込んだ。ジャレットも気付いた。

「ヘンリー、演劇の経験はあるか？」

「ないですねぇ……。これはちょっと想定外だ」

「では、私に調子を合わせろ――」

ジャレットは、M‐4を後ろに回し、右手にFBIバッジを掲げながら、その駐車場へと現れた。

「FBIだ！　負傷者はいないか？　けが人はいないか！」と声を上げた。

わんわん泣きじゃくる女性を、男が優しく肩を抱いて慰めていた。

アライは、しばらくその連絡橋を監視し続け、狙撃した三人がぴくりとも動かないことを確認してから、ハイウェイの法面を降りて駐車場に姿を現した。

アライは、自分の顔が引き攣っていないか少し気になったが、まあ三人も人を殺した後だ。多少の心の揺らぎは仕方あるまい、と諦めた。

中年というよりやや若いその東洋人は、まずジャレットに「有り難う！　捜査官」と握手を求めた。

「正直、危なかった。武装していれば大丈夫だろうと油断した。消防車の背後なら安全だろうとも思ったのだが」

「無茶だ。間もなくフリーウェイは開通するのに」

「ああ。わかっている。車列が見えたので、路上で受け取ってすぐ配れると思って出て来た。欲を出したせいだな。あのギャングたちも、われわれがここに来なければ、死なずに済んだかも知れないと思うと、私の責任だ」

アライは、その背後から撮影するカメラにちらと視線をくれてから、「ええっと……。どこかで見たような気もしますが？……」と握手を求めた。

「ダニエル・パク。下院議員です！　市庁舎に立て籠もって、時々、救援物資を配って歩いている。本当に助かった。FBIのベテラン捜査官ということは、貴方は共和党員だな？」

　とパクはジャレットに笑顔で尋ねた。

「もちろんです。きょうび共和党員は、カリフォルニアじゃ問答無用に撃たれそうだが。こちらは、警官です。民主党員らしい。われわれはＬＡＸで知り合って、彼を故郷のリトル・トーキョーに送る途中です」

「ＬＡＸ？　では、例の奪還作戦の参加者なのかな？」

「奪還作戦というか、まあ行きがかり上、銃を取るしか無くて、自分らはただ乗客としてそこにいただけですが……」

「それは凄い。ＬＡ市民として礼を言います。お陰で、外国人は避難できるし、支援物資も太平洋を越えて届くようになった。では、この補給物資の運搬も、貴方がたが指揮しているわけですか？」

「いえ。自分らはどうにか、この手前まで辿り着いたのですが、ハイウェイが突然、放置車両で埋め尽くされていることに呆然とし、いっかい戻って、消防署等と連携して、消火と放置車両の排除を始めてもらいました。そしたら、後ろから補給物資を満載した車両が滞留し始め、それがダウンタウンから見えて、向こうからも消防が出てきたというわけです。何もかもツイていた。もっとも、ここで四時間かそこいら足止めをくらいましたが。間もなく掃除は終わって、ダウンタウンまで走れるようになるでしょう。下院議員がこんな危険な所にいちゃいけない。それに、どう見ても、みんな銃は素人だ。ＦＢＩ支局や、市警本部は無事なのですか？」

「市庁舎の東側にも連邦政府機関が固まっているが、ＦＢＩ支局だけだいぶ離れているよね。無事なはずだ。あっちの連邦ビルが燃えたという情報はない。ただ、ＦＢＩの戦術チームや、ＬＡＰＤの、あの有名なＳＷＡＴ部隊はわりと早い時期に潰滅した。それが尾を引いてね、市警はあっという間にコントロールを失った。市庁舎や市警本部に立て籠もるだけで、誰も治安維持に出ようとはしなかった。正直、情けない。何度も絶望したよ。自分の無力さに……。だからまあ、こうして自らボランティアを率いて、外を回ることにした」

「スキッド・ロウの目と鼻の先で、無茶ですよ！　襲撃してくれと触れ回っているようなものだ」

　とアライが非難した。

「スキッド・ロウだからと、見捨てるわけにはいかない。彼らも市民だ。彼らにこそ援助が必要だ。この街から脱出する手段も持たない。誰も構ってくれない」

「いかにも民主党の政治家ですな。そんな甘いことを言っているから、アメリカは分断したんですよ」

　ジャレットの言葉には、明かな棘があったが、アライは、その発言が、意味のある芝居だと見抜いた。彼は、保守的で頑迷な共和党員を演じようとしているのだ。頑固で無能なＦＢＩ捜査官を。

「ま、そういう人々の意見にも耳を傾けますよ。自分は政治家だから。この分断されたアメリカを再統合するには、全員の理解と協調がいる」

「ヘンリー、そのスキッドなんとか？　そこは、あの陸橋の向こうなのか？　銃声を聞きつけて、またギャングが押しかけるかも知れない。道路の掃除が終わるまで、俺たち二人で陣取って、ここを守ろう。下院議員殿は、若者を連れてハイウェイに上がり、消防車の影に身を潜めていて下さい」

「いやいや、私も行くし、銃を撃てそうな元気な若者も同行させよう！」

「いえ、議員。第一に邪魔です！　それに、自分は連邦捜査官として、貴方を守る義務がある。たとえ妊娠中絶や同性愛を持て囃す民主党員だとしてもね。だから、消えて下さい。その若者達を連れて！」

アライは、そこまで聞いてすぐ自分の役回りを理解した。取調室に於ける暴力刑事と、優しい刑事の役回りだ。

「すみません、議員。共和党員は本当に礼儀知らずで……。でも彼らはみんなトランプだと思えば気も楽ですよ。とにかく危険ですから、若者を連れて安全な場所まで避難して下さい。車も守った方が良いですよね？　われわれ、デコボコ・コンビですが、やることはやれる自信がありますので。さあ、安全な所に避難を――。あと、今の彼の発言、動画から消して下さいね。FBI捜査官が、議員に向かって中絶や同性愛を非難したとなると、後々議会で大問題に発展して、また分裂の種を蒔くことになりますから」

「あ、ああ……。もちろんだよ。こんなの絶対公開しない！　すぐ消させる。じゃあすまないが、われわれはいったん避難させてもらう」

パク議員は、一瞬呆気に取られながらも、若者たちを促して木立の法面を登って行った。

アライ刑事は、ジャレットの前に立って歩き、連絡橋の階段を登った。

「せめて、どういうキャラクターで行くか説明が欲しかったですよね？」

「君は奴の信頼を得ろ。私は疎まれる役だ。二人とも信頼を得ようとすると、逆に彼は疑心暗鬼に陥ることだろう。何かの目的があって自分に接近したのではないかと」

「それで、少なくとも、容疑者に強烈なインパクトを与えてしまったわけですが、この後、どうするのですか？」

「奴のＤＮＡを手に入れる。合法非合法は問わないぞ。捨てた紙コップや唇を拭いたナプキンとかが一番良いな。どこの州でも、遺失物の証拠採用には寛容だから。便器から回収した小便となると、少し微妙だ。いずれにせよ、現状では令状は取れないから、合法的に入手できたＤＮＡがあれば言うことは無いが……」

「床を掃除した掃除機のゴミ袋から回収した毛髪とかは？」

「それは微妙でな、法廷ごとに割れると言って良い。毛髪となると、肉体の一部だからな。陪審員次第だ。誰のものか全く推定もない状態なら、後日判明した誰かのＤＮＡと照合することに問題は無い。だが、誰か特定のＤＮＡを探して調べるのは、かなり危ういと言える」

「それで、どうします？　このまま同行しますか？」

「いや、それは怪しまれる。彼らを市庁舎に送り届けたら、いったん、リトル・トーキョーへと向かおう。その後、やることが無くなったからと、ふらりと姿を見せても良い。だが、何にせよ、ＤＮＡ入手が最優先だ。それが叶ったら、いったんこの街を出た方が良いな。ダラスまで行かなきゃ、この全米で今、それなりの精度でＤＮＡ検査できるなんて所はないだろう」

「そうですね。ルーシーを秘書役にでも送り込みますか？」

「それ、良いアイディアかも知れないな。あの男は、ある種の性倒錯者だ。普通のセックスでは満足できない。彼女を送り込むとしたら用心は要るが。あいつ、格闘技とか経験はあるのか？」

「そういう話は聞いてませんね。でもＦＢＩはそういうこと訓練しないんですか？」

「行動分析課で問われるのは頭脳だけだ」

「彼女、プロファイラーの才能があると思いますか？」

「それは難しい質問だな。世間がイメージするプロファイラーは、ちょっとずる賢《クレバー》いイメージだろう？　だが、実際のわれわれの仕事はそうじゃない。異様に地味だ。情報を分析し、そこに書かれていない情報を読み取る。性格的な向き不向きは大きいが、この歳になっても、こいつはプロファイラー向きだが、こいつはそうじゃないと直感で気付くことはないな。そういうことを考えるようになったら、プロファイラーとして終わりだと思っている。われわれの分析には、必ず根拠がある。勘は駄目だ」

ハイウェイ上の放置車両が排除されると、ルーシーが運転するＮＶパッセンジャーを先頭に、消防車、コンテナ車の隊列が途切れることなく、走ってくる。延々、一〇〇台以上続いていた。出迎えた消防車の消防隊員たちが、それを拍手で見送る。その先頭にパク議員が立ち、その様子をドローンが上から撮影していた。

パク議員のボランティア活動は、この騒動が終わった後の選挙運動目的であることは明らかだった。

「拙いぞこれは……。俺たち、彼が大統領職に近付く手助けをしてしまったかもしれない」

ジャレットはそう嘆いた。ダニエル・パクは、この国難を利用して、大統領への階段を登り始めていた。


ヘリコプター搭載護衛艦ＤＤＨ‐184〝かが〟（二六〇〇〇トン）の格納庫では、時々船体がきしむ音が響いていた。艦船に不慣れなパイロットたちは、今にも引き裂かれるのでは？　という恐怖に囚われることがあった。

最後のF‐35B戦闘機が発艦すると、艦は速度を落とし、更に転針した。

格納庫の前と後ろに、F‐35戦闘機二機が残された。SH‐60L哨戒ヘリも一機が格納されている。これは哨戒ヘリというより、救難や連絡用ヘリとしての位置づけだったが。L型は、配備が始まったばかりの新型機だった。

その格納庫の中央部分に、テーブルと、パイプ椅子が出されていた。卓上にペットボトルが置かれているが、それはパイロットが飲むためというより、半分ほどに減った水面の傾きを見て、艦の動揺を確認するためのものだった。

TACネーム〝コブラ〟を持つ宮瀬茜《あかね》一尉と、〝バットマン〟を持つ第308飛行隊・飛行隊長の阿木辰雄二佐が、そのペットボトルを挟んで向き合っていた。

足下には、それぞれの航空ヘルメットが置いてある。彼ら個人の頭部をレーザー・スキャンして作られたオーダーメイドのべらぼうに高価な航空ヘルメットだった。今の円安時代では、タワマンの一部屋が買えるお値段だ。

「意外だったな。君がここに残るなんて……」

「今日はもう十分に飛びました。暗い時間帯からですよ。しばらく休ませてもらっても罰は当たらないでしょう？」

「それは認めるが。戦闘機パイロットが、下手すると軍艦と共に沈んでは無念だろう」

「隊長こそ、なんで残ったんですか？」

「別に、君の子守があるからじゃないぞ。この艦は、戦闘機を運用するために存在する。それが、危険だからと、パイロットと戦闘機がみんな逃げ出したんじゃ、乗組員に示しが付かないだろう。

誰かが、そこに踏み留まる必要があって、それは飛行隊長であるべきだと思ったからだ」

「航空幕僚も本艦に留まり、飛行隊長も艦と運命を共にしたら、誰が飛行隊の指揮を執るのですか？」

「ヤキマや府中の総隊司令部から誰かが仕切るさ。ＡＷＡＣＳにＥ‐２Ｄも何機も飛んでいる」

「でも、せめて航空艦橋か、ＦＩＣにいるべきですよね」

「それなら、航空幕僚ひとりで十分だ。悔しいがあの人は、俺が思い付きそうなことの一二〇パーセントの知恵をたちどころに思い付く。それに、この艦が沈む前に、エレベーターを降ろして、せめてわれわれ二人が発艦できるように待機すべきだ。君の機体が先に飛行デッキに上がる。私も発艦するチャンスがあれば良いが。ところで最近、ゆっくり話す機会が無かったが、君はそろそろ指揮幕僚課程《CS》の時期だよね？」

「行かなきゃ駄目ですか？」

「行かなきゃ、飛行隊長になれないか、飛行隊長で終わりだぞ」

「それで十分ですけどね。戦闘機パイロットで居続けることと出世を天秤に掛けたら、私はパイロットで居続けることを取ります。そりゃ、男はその後とんとん拍子で出世できるけれど、女の私なんて、ＣＳをクリアしてもどうせガラスの天井があるんですから」

「今それがないとは言わないが、君が出世の階段を登り始める頃には、徐々に無くなるだろう。パイロットはみんな出世より操縦桿を握りたいと言って強がるが、そんなのは逃げだ。自分がナンバーワンだと思うなら、チャレンジするしかないぞ」

「この戦争が終わって平和になったら考えます」

「私は無限に推薦状を書けるわけじゃないと思ってくれ。あとも控えている。出世てのは、そういう損な仕事もついて回るけどな」

「不公平だわ。軍隊て所では、女性兵士は出産も子育ても立派にこなしてやっと一人前扱いされる。男はただ仕事一筋で評価されるのに」

「そうだな。全く不公平だと思うよ。それを乗り越えてくれとしか言えない。さて、先に上がった連中は、これから六時間かそこいらは降りてこない。われわれが飛び立つチャンスがあるかどうか？」

「暗くなった後も鍔迫り合いが続くんですよね？」

「そうだな。仮に三〇ノット速で真っ直ぐ北米大陸に突っ走ったとしても、カナダの領海に入るまで二四時間は掛かる。明日の朝を過ぎてまだ続いているようなら驚きだが」


だが、各艦の乗組員たちは、それが明日の朝を過ぎても続くことを全員が覚悟していた。何よりそれは、暗闇の中で最低でも八時間は続くということなのだ。


〝北米支援艦隊司令部〟司令官・井上茂人海将は、〝かが〟のブリッジ右舷側の艦長席背後に立って外を眺めていた。

水平線上に、遂に中国海軍のフリゲイト艦が現れていた。上空、雲の上をJ‐11戦闘機、フランカー擬きの二機編隊が飛んでいる。それを味方のF‐35戦闘機がつかず離れずで警戒していた。

フリゲイトが、こちらへと真っ直ぐに向かって来るが、それを一隻の護衛艦が妨害しようと前方に立ち塞がっている。

「艦長、敵がどこまでやる気か見物だよね」

「そうですね。正直、本艦自ら回避行動を行わずに済ませたいものですが……」

　と艦長の秦野信孝《はたののぶたか》一佐が双眼鏡で水平線を見遣りつつ応じた。

「右舷三時方向、もう一隻見えたようです」

　つい一分前、右舷側ワッチが報告したが、ようやくブリッジからも確認できた。

　戦闘機がほぼ全機、空中に上がったことで、こちらが敵の意図に気付いたことは見透かされている。あとは、技術と度胸の問題だ。それは日中両国どちらにとっても同じだった。

　井上は、左舷司令席に上ると、艦内マイクを取った。

「こちらは、北米支援艦隊司令官である――。各艦の乗組員諸官に告げる。これから一二時間、あるいは二四時間、われわれは困難な状況に直面することになるだろう。一瞬とて気が休まることはない。サッカーの試合が、休みなく一昼夜続くようなものだ。艦長は、戦闘指揮所《CIC》に引き籠もることなく、必ずブリッジに留まり、自ら操艦の指揮を執ることを望む。CICは捨てて良いぞ！　副長含めて全員で見張りと操艦に当たれ。

　本艦隊は、敵艦隊より高速で図体もでかいが、捨て身で仕掛けてくるだろう敵艦に対して、気休めになる要素は皆無である。しかし私は、諸君らの練度と本艦隊の性能を信じている。この戦いに白旗はない。やり遂げるしかない。それは中国艦隊にしても同様だ。

　これは、海上自衛隊史に残る戦いになるだろう。名誉をもって、この任務を達成することを望む！

以上である――」

　井上は、マイクを戻すと、「誰かこれ、あとで生音声として無線に流してくれ。二度三度。中国艦隊がちゃんと聴き取れるようにな」と命じた。

「では艦長。私はもう操艦の邪魔はしない。あとはよろしく頼むぞ！」

「はい、司令官！　お任せ下さい。敵艦に指一本触れさせはしません」

「その意気込みで頼むぞ。みんなもな！――」

井上は珍しく声を上げてブリッジを退出した。

ＦＩＣに入り、まるでお通夜のような雰囲気の幕僚スタッフの顔を見遣った。

「みんな不景気な顔だな。まるで通夜みたいだぞ？」

「何にしても、祝杯を挙げられるような状況は期待できませんので。万一接触事故も起こり、敵艦が沈没したら、冷静さを失った艦隊から、ミサイルの数発くらい飛んでくるかも知れません」

と四群司令がぼやいた。

「数発なら叩き墜せるじゃないか。まあ楽にとは言わないが」

「実は、幕僚長が、ちょっと検討するに値する作戦を思い付きました。グッド・アイディアかどうかは少し疑問ではありますが……」

「ほう。それは良いね。今は、蜘蛛の糸にすら縋りたい気分だ。聞こうじゃないか？」

「いえ……。名案かどうかは自分でも疑問なのですが……。このまま混戦状態に陥り、やがて日没を迎えると、たぶん接触事故も発生するでしょう。そして本艦隊は徐々に追い詰められ、接触事故を防ぐために、行き足も落とすことになります。それは避けられない。戦場で、小さな部隊が、大部隊に包囲されるようなものです」

「同感だ。この数の差はいかんともし難い」

「それで、下らない話で恐縮ですが、自分のルーツは鹿児島であります」

「ほう！　わが海自に悪名高きかごんま閥か！」

「いえ。そんな影響力はもうないでしょう。それに自分はもう田舎を出て三代目で、小さい頃、墓参りに一度帰っただけです。もちろん、そのルーツは誇りではありますが。包囲殲滅戦からの脱出と思いあぐねて――」

「ああ！　幕僚長。それはさ、最低最悪のアイディアだよね。まるでカミカゼ攻撃だ」

井上は先取りして言った。

「はい。しかし、敵陣突破は、一つの回避策になります。まず敵は慌てるだろうし、われわれの意図をしばらくは読めないでしょう。そして、本艦隊は何より、敵艦隊より速度で優ります。敵が、われわれの意図に気付いて陣形を組み直す前に、敵陣を突破出来ます。言ってみれば、サッカーの試合で、ゴール前でボールを回されてる所を奪い取り、相手ゴール陣までドリブルして突破するようなものです。われわれはそれだけの速度を持っています」

「四群司令のご意見は？」

「良い作戦だと思います。条件がありますが。つまり、敵の主力艦隊との位置関係が問題になる。適度な距離でなければなりません」

「〝島津《しま》の退《ひ》き口《ぐち》〟とか言うんだっけ？　徳川本陣に三〇〇人で突っ込んで、薩摩まで辿り着いたのは三分の一以下だろう？　それでは困る」

「ええ。もう少し、生存率は上げたいと思いますが」

「確かに、包囲殲滅戦の様相を呈してくるなら、敢えて敵陣突破を試みる価値があるかも知れない。一応、選択肢に入れておこう」

レーダー画面に視線をくれると、日中双方の戦闘機が絡み合うように飛んでいた。今は雲の上だが、暗くなれば、水平線も雲の境目もわからなくなり、空間識失調による墜落事故も発生するだろう。

今の所、J‐11戦闘機の武装は、空対空装備のみということだった。空対艦ミサイルはなし。つまり中国側も気を遣っているのだ。挑発はするが、空から艦隊を攻撃する意図はないことを、こちらに明確に伝えてきている。

　これは、尖閣諸島で続いているサラミ戦略のようなものだな、と井上は理解した。敵側からエスカレーションのステップを上がらせて、国際法上の反撃の正当性を構築するのだ。

　江凱《ジアンカイ》Ⅱ型（054A型）フリゲイト〝九江《ジウジアン》〟（四〇五〇トン）の艦長・徐宝竜《シューバオロン》海軍中佐は、艦尾格納庫へ走って、自分の眼で哨戒ヘリが固定されていることを確認した。整備部隊を信じないわけでは無かったが、彼らのことを気に懸けているという事実を伝えておきたかった。艦内放送が二度も、「艦長！　ブリッジへ――」と悲鳴を上げていた。

　格納庫から走ってブリッジへ戻った時には、敵の護衛艦がすぐ眼の前に迫っていた。迫っていたのは、向こうではなくこちらだったが……。

「こうして見るとでかいな……」

「むらさめ型護衛艦〝きりさめ〟、前世紀最後の就役です。やはり一番古い艦艇から出してきました。満排水量六〇〇〇トンです！」

　艦艇識別表を開いていた副長の張凱《ツァンカイ》少佐が報告した。

「六〇〇〇トン！　うちより二〇〇〇トンもでかいのか。こんなのとぶつかったら一瞬でひっくり返るぞ」

　敵艦が衝突警報を鳴らしながら向かって来る。速度を上げていた。悔しいが、あの速度は出せないと思った。

「よし！　あいつを前に押し出してやる。貧者の戦い方を見せてやるぞ。取り舵二〇！　両舷反転、後進一杯掛けろ！」

相手艦からは、こちらが急に幅寄せしてきたように見えるはずだ。相手も取り舵を取ったが、速度はそのままだった。護衛艦がほんの一瞬で、こちら側をオーバー・シュートして前方に抜けてしまった。

「よし！　舵戻せ。両舷全速！　あれかッ！　あの小さい点が目指すヘリ空母か？」

　ほぼ真正面に黒い点が浮かんでいた。海面が時化ているせいで、鮮明に見えるとは言い難いが、巨大な軍艦が、白波を蹴立てて進んでいることだけは解った。

　〝きりさめ〟が素早く対応して追いかけてくる。〝九江〟が優位な位置を占めたのはほんの数十秒だった。まるで洋上のF1レースだった。抜きつ抜かれつ。こんなことをまだまだ何時間も続ける必要がある。

　我ながらとんでもない作戦を思い付いてしまったな、と徐艦長は後悔し始めていた。

　そこから七〇〇キロも南の海域。《東征《ドンチャン》艦隊》を指揮する空母〝福建《フージン》〟の司令部作戦室で、艦隊司令官の賀一智《ホウイーチィ》海軍中将は、ドローンが送って遣すライブ映像を見ていた。

　まるで、何かの海戦映画を見ているような感じだった。〝九江〟が、突っ込んでくる敵のフリゲイトを、制動を掛けることでオーバー・シュートさせた時には、「おお！」と歓声が上がったほどだった。海面には白濁する双方の航跡が残り、互いがどう動いたが綺麗に見て取れた。

「うちのフリゲイトもなかなか機敏じゃないか！」

「あのくらい動いてくれなきゃ、フリゲイトとは言えません」

　と万通《ワントン》参謀長が、しかしまんざらでもない顔で応じた。

「だが……。敵も楽はさせてくれんな」

日本艦は、素早く態勢を立て直し、そのパワーにものを言わせて、あっという間にまた〝九江〟の前へと出て、その針路に立ち塞がった。まるで、水面にサッカーボールでも浮かんでいて、それを二隻の軍艦が奪い合っているようにも見えた。

「〝九江〟は頭を抑えられてはいるが、確実にへリ空母へと接近している。この戦い、われわれの勝ちだな」

艦隊情報参謀の杜柏霖《ドゥバイリン》海軍大佐が現れ、手書きのメモ用紙を読み上げた。

「まだ同時通訳程度であり、精密な翻訳ではないと語学士官が申しておりました」

その文面は、敵艦隊司令官の平文、暗号化もされていない、肉声での通信記録だった。暗号化もしなかったのは、もちろんわれわれに聞かせるためだ。

「ふーん……、気位の高い指揮官のようだ」

「われわれも何か声明を出しますか？」と万が賀のほうを見て言った。

「政治将校、どう思うね？」

「自分は、反対です。われわれは圧倒的優位に立っている。にもかかわらず、指揮官が特別な声明でも出したら、味方水兵は、いよいよこれが最後の戦いかと誤解するかも知れません。敵がひれ伏した時にのみ、名を教えてやれば良いのです。それが勝者の戦い方というものです。向こうは、われわれの〝返礼〟がないことを無礼だと受け取るかも知れませんが」

「ああ。そうだろうな。せめて『聞こえた。理解した！』くらいは言って良いと思うが」

「もし相手と対面する機会があったら、そう言って下さい。今は、勝利に集中しましょう」

04

「しかし、こんな際どい鍔迫り合いをしていては、一時間、衝突事故が起きずに過ごせたら奇跡だぞ。日本の努力も讃えようではないか」

〝九江〟と日本艦は、抜きつ抜かれつを繰り返していたが、ひとつ確実なことは、味方艦は、確実に敵ヘリ空母に接近し続けているということだった。

そして別のポイントでも、その攻防は始まりつつあった。三隻の味方フリゲイトが、マークしてきた日本艦を翻弄しつつ、少しずつ、ヘリ空母へと接近し始めた。

アライらはNVパッセンジャーでパク議員が乗ったミニバンとともに援助物資の隊列を市庁舎までエスコートした。

101号線に出て、市庁舎ビルへと曲がる手前は裁判所などの荘厳な建物が続くが、それらの通りには、LAPDの護送車が横倒しにされてバリケードが作られていた。あちこち放火の跡はあったが、燃え落ちたという感じの建物はない。暴徒に占拠された痕跡はなかった。

その辺りは、見事に燃え落ちたワシントンDCよりはましに見えた。人々は疲れ切っていたが、それでも、コンボイを連れたパク議員が現れると、やんやの喝采で出迎えられ、周囲を守っていた警察車両や消防車が、一斉にクラクションを鳴らして歓迎した。

あとここに無いものは、紙吹雪くらいだった。

パク議員は、「そっちの用事が片付いたら、ぜひ活動を手伝ってくれ！」と三人に要請し、そのまま物資をミニバンに詰め替えて、ダウンタウンの外へと走り去っていった。

車を出す前に、ジャレット捜査官が、「出来の悪いSFドラマを観ているようだ……」と言った。

「われわれがＬＡに現れて、パク議員を助けなければ、彼はあの駐車場で死んでいたかも知れない。そもそもが、援助物資を抱えて市庁舎に凱旋したヒーローという宣伝動画が作られることもない。われわれの存在が、彼を大統領に押し上げるとしたら、とんだパラドックスだぞ……」

「同感だなぁ。これは、何としても責任を取るしかないですね」

再び101号線へと戻り、放置車両を避けながらロスアンゼルス川を渡った。フリーウェイを降りると、整然とした住宅街が見えてくる。高級住宅街というほどではないが、警官のサラリーではちょっと買えない住宅が建ち並ぶ。

街の要所要所にバリケードが作られ、猟銃を持った地元住民が検問を作っていた。夜のために、ドラム缶での篝火《かがりび》も用意されていた。そこは、完璧に治安が維持されている様子だった。

アライも、バッジを見せて中に入れてもらう必要があった。

「ここ、私たちがＬＡに着いてから、一番立派な住宅街じゃないかしら？」

「ここから東側は、メキシカンな地域で、この辺りだけが、ちょっとハイソな住宅街。昔から金持ちが暮らしていた。ハイスクールに、青少年センターに小学校。良かった……。この辺りはまだ荒らされていないみたいだ」

青少年センターの手前に車を停めた。通りは、雑多な人種の大人たちが、椅子やテーブルを出して見張りに立っていた。

アライは、小学校時代の友人と再会してハグしてから、青少年センターの奥へと入った。部屋の中から、何か香ばしい臭いが漂ってくる。

炊かれた米で、皆がお握りを作っていた。その集団の奥に、アライは伯母を見付けた。

「ウメコ・アライさん。父のお姉さんで、もう八〇歳近いんだけど、まあ元気も元気だよ。生涯独身。仕事が全てだった。ほんの一〇年前まで、中学校で教師をしていた。マンモス校を渡り歩いたやり手で、あちこち顔が利く――」

向こうからアライの姿を見付けて「どうしたのヘンリー！」と驚いた顔で歓迎してくれた。

「いろいろあって、LAで身動きが取れなくなった。同僚を連れて、行く所がなくてさ。ウメコ伯母さんの所なら、何か食べ物にありつけるんじゃないかと」

「どうぞ、食べて食べて！」

アライが、ジャレットとルーシーを紹介した。

「ルーシーは、日系人の血も入っているんだよ。最近の米中関係の悪化で、セカンド・ネームがチャンだというのを少し呪っているけどね」

「確か、その祖父は、タナカ姓でした」

「そうなの。ようこそLAへ。トシローはどう？大丈夫かしら」

「ええまあ。母が亡くなって寂しくはしてますが、何とか惚けずにやっています」

「さっさと結婚して孫の顔を見せろと言い続けたのに、私、もっと強く言うべきだったかしら？せめてトシローには親孝行しなさい。恋人なの？」

とチャンを見遣った。

「相変わらず、あけすけな人だ」

とアライは笑ったが、否定はしなかった。

「ここは平和そうですね？」

「ええ。周囲の学校は災害拠点学校で、最近、非常用トイレに給水タンクとかも整備されたばかりなのよ。何しろ、川を渡ればスキッド・ロウだし、東側もそんなに治安が良いエリアじゃない。けれど、街の治安が崩壊する前に、自警団が立ち上がって一帯を確保して立て籠もれた。やっぱり、最後にものを言うのは、教育ではなく銃よね！　この歳になって、再認識させられたわよ」

「川の向こうも、ダウンタウンが荒れているわりには平和そうでしたよ」

「ああ、リトル・トーキョーは、観光地だから、もう人は住んでいないし略奪するものもない。お昼前、パク議員が援助物資を持って寄ってくれたわ。彼、大統領になるわよ。あの子、私の教え子なのよ」

「え？　そうなんですか。実はさっき、ダウンタウンの手前で議員が乗ったミニバンと遭遇しました。暴徒に銃撃されていてちょっと人助けした」

「あらまあ。それは有り難う。とにかく、食べて頂戴！　ほかほかのオニギリよ。お米の炊き方なんてもう何十年も忘れていたけれど」

ここを目指したのは、顔の広い伯母と会って、パク親子へと繋がる人物へと辿り着くことだった。別に確固とした宛《あて》があったわけではない。だが、いきなり金鉱を掘り当てたのかも知れない、とアライは思った。

テーブルについてお握りを頰張った。米を食べるのは、スウィートウォーターの日本食レストラン以来だ。あのお店の経営者夫婦は今頃どうしているだろうか？　と思った。

「教師って、記憶力が良くて、教え子の顔と名前を結構覚えているものよね？」とチャンが言った。

「この人に関して言えば、それがあっても不思議じゃないけど、たぶん何か彼に関してだけ特別な思い出があるんだと思うよ。後で、それとなく聞いてみよう」

「酷い運命だな……。君の親父は、生涯懸けてある連続殺人犯を追い続けたが、平行して、君たちの糸は絡み合い、ずっとどこかで繋がっていた。

公文書館に籠もって調べるつもりでいたのだが、彼女、父親の墓の場所とか知らないかな」

「火葬だったらあまり意味ないですよね？」

「いや、彼自身はクリスチャンだ。もう彼自身のウェッブサイトは見られないが、私のプロファイルでは、クリスチャンだ」

「なぜです？　根拠はあるのでしょうね？」

とアライが興味ありげに聞いた。当然、根拠はあるんだろうな？　という態度だった。

「ここだけの話だぞ。宗教に纏わる偏見があると非難されるから。性的倒錯者の背景には、宗教的なものが大なり小なりある。私の個人的な見解だが、仏教は、西洋の宗教ほど性に厳格ではない。姦淫にもわりと大らかだ」

「いやいや、それは異論がありますよ。でも確かに、キリスト教ほど厳しくはないかも知れない。日本の歴史文化は、同性愛にも寛容だったと聞きますから。だから日本ではＬＧＢＴ運動は流行らない。もともとたいして差別されているわけじゃないからと聞きますね」

「父親の遺体があれば、ＤＮＡを採取できる。クリスチャンなのに、火葬したとなれば、それは〝家業〟を継いだ息子が、証拠隠滅を謀ったということだ」

夜が近付いていて、建物のあちこちで、ＬＥＤランタンが点され、外では、ドラム缶の中で火が焚かれ始めた。昨日よりは遥かにましだ。

少なくとも、ここではもう銃声は聞こえなかった。

第六章　七星作戦

土門が乗ったC-2輸送機は、ポートランド上空で旋回飛行に入った。先行した原田小隊を乗せたC-2輸送機も、ヤキマ上空で旋回待機中だった。

ヤキマの北米邦人救難指揮所から、シアトルへの着陸は中止せよ、という命令が入ったからだった。暴徒らが空港を取り囲み、フェンス外から、空港内へ向けて放物線軌道で銃を撃っている。その弾丸が滑走路に落下して路面が発火しているのがスキャン・イーグルではっきり確認できているとのことだった。

ということはつまり、仮に機体に弾が命中せずとも、今、滑走路上は銃弾の破片だらけで、タイヤがバーストする危険が高いということだ。いや間違い無くそうなるだろう。貴重な機体が空港で立ち往生することは避けたかった。

下手をすると、滑走中にタイヤがバーストして火災になる。航空機のタイヤ火災はバカに出来ない。何しろエンジンの近くなので、そこから火が回って墜落に至った事故が山ほどあった。

土門は、機内の無線でLAXの姜二佐を呼び出し、状況を観察させた。

「お嬢様の話では、すぐ北のキング郡国際空港が、滑走路長は十分だが、だいぶ破壊されていて、全く降りられないそうで、これはスキャン・イーグルの映像でも確認しました。やはりマッコード空軍基地に向かうのが最善だと思います」

「マッコードからタコマを経てシアトル空港まで三〇キロはあるぞ。バトラーは、増援部隊がマッコードに入ることは想定済みだろう。必ず手を打ってくる。私なら、要所要所で待ち伏せする」

「では、空挺降下なさいますか？」

「それも考えるが……」

「ちょっとお待ちください――。お嬢様が……」

「パパ、私よ！　シアトル空港の東側にある細長いワシントン湖、その南端に、ボーイングのレントン工場があって、レントン市営空港というのが併設されています。南北に一六〇〇メートルのランウェイを持つ。C‐2なら問題無く降りられる。スキャン・イーグルのデータをリワインドしたところ、空港が荒らされているようにも見えないし、周囲に暴徒らも見えない。そこは、シアトル空港からもほんの八キロしか離れていない。徒歩移動も出来る」

「お前、スキャン・イーグルの生データを見る資格なんて持っていないだろう？」

「良いのよ！　外務省ですから。それに、その手の画像の見方はガルから教わっています。たぶん滑走路は綺麗よ。管制塔が応答しないなら、強行着陸するしかないけれど」

「わかった。ちょっと考える。ブラックバーン、一番機をそのレントンへと向かわせろ。だがその前に、スキャン・イーグルで、周囲の状況を確認だ。滑走路の路面状態までは構わない」

「了解です。一番機に続いて降りてください。ブラックバーン、アウト」

土門は、コクピットからキャビンに下がり、キャビンを塞ぐ指揮通信車両〝メグ〟へと乗り込んだ。全システムがシャットダウンされているため、車内は静かで、しかも暗かった。

待田は、奥の作戦室の床で、耳栓とピローを首に巻いて寝ていた。

「ガル！　済まない起きてくれ」と土門はブーツを蹴って起こした。

「大丈夫です！　起きてます――」

「シアトル空港が全く使用できない。東にある湖端のボーイングの空港に降りるしかない」

「そうですね。マッコードは遠すぎます。着く頃には味方部隊は全滅してますよ。このシステム、こうやって移動中も最低限は使えるよう改良が必要ですね」

待田は、指揮通信コンソールに就いて、タブレット端末を起動した。画面が蘇るまでの間、床のバスケットから缶コーヒーを一本取ってグイと一気飲みした。

端末にダウンロードしておいたシアトルの衛星写真を表示する。

「確かに、徒歩移動で済ますか、車両で移動するか微妙な距離ですね。恵理子ちゃんはまだＬＡＸに？」

「さっきは〝ベス〟にいたよ」

「じゃあ、恵理子ちゃんに一肌脱いでもらいましょう。総領事館と連絡を取り、向こうで、ボーイングと交渉して、レントン工場の車両を貸してくれるよう。トーイング・カーだろうがフォークリフトだろうがなんでも構わないから貸してくれと」

「わかった。なあガル。もしまた押されるようなことがあったら、Ｂ‐２爆撃機が飛んで来て、誘導爆弾の雨あられで救ってもらえることがあるかな？」

「さすがにここでは無理でしょう。クインシーは、ただ広大な畑に爆弾を落とすだけで済んだが、ここは住宅街か先端工場かですからね。うかつに爆弾は使えない。でも、例のラピッド・ドラゴンには待機していてもらいましょう。何があるか知れないから」

原田機に続き、〝メグ〟と土門らを乗せた機体も、レントン工場へと針路を取って高度を落とし始めた。

着陸直前の機体からも、曳光弾を混ぜた銃撃が市内のあちこちで発生している状況が見て取れた。

土門は、愕然とするしかなかった。シアトルは状況が落ち着いているとみてヤキマを後にしたのに、明らかに数日前より治安は悪化していた。これではイタチごっこだ。あちらの治安を回復している隙にこちらの治安が悪化する。LAだって全く安心できないということだった。

自分らだけで前進するのは危険だと判断した。だが、果たして水機団二個連隊だけで足りるのか？　下手をするとこれはクインシー攻防戦の二の舞になるぞと思った。

滑走路北端で西側へと誘導路を曲がった所で〝メグ〟を降ろすと、〝ジョー〟を搭載した三番機も降りてくる。

三機のC‐2輸送機は、ヤキマへ向けていったん離陸した。LAXの水機団第3連隊は、米空軍のC‐17輸送機が運んでくれる手筈になっていた。

原田三佐が、〝メグ〟に乗り込んでくる。

「この戦争は何か変だと思わないか？　まるで、ゾンビと化した社会と戦っているような気がする。これまでの戦いは、兵隊相手の戦争だった。いくら専制国家だとしても、国民全員を兵隊にすることは出来ない。ところがここアメリカじゃ、怒り狂った99パーセントの国民が、兵士として襲いかかってくる。国民の99パーセントがわれわれに銃

RENTON MUNICIPAL AIRPORT
230

を向けてくるとしたら、それはもうその国の政府に正当性がないってことだぞ？」

「でも、彼らにこの社会を建て直せますか？」

「一〇年か二〇年、ディストピア化した社会で、電気も水道もない暮らしが続くだろうが、その後に再生するんじゃないのか？　その間、日本は脱出してくる避難民を適性検査して、清く正しい日本人として大人しく暮らしてくれそうな人間だけ、移民として受け入れ、人口再生を成し遂げるのさ。まずは日系人から受け入れてな」

「それで、どうしましょう？」

　原田は、冷めた目で尋ねた。待田がシステムを起動中だった。

「ガル、ヤキマを出た水機団第2連隊はどうなっている？」

「レーニア山中腹を経て二〇〇キロの道のりです。出発は、われわれと似たような時刻でしたから、ようやく、ルート上の最高標高点を超えた所です。ただこの後、敵の待ち伏せとかあるはずです」

「彼らもスキャン・イーグルは持っている。自分たちでルート啓開させろ。やばそうな雰囲気はあるか？」

「そこまで確認する暇がありませんでした。一通り飛ばして、ＡＩに判定させる程度のことはできますが？」

「やれ。第3連隊が到着するまで、少し様子見しよう。だがその前に、シアトル空港周辺を一回調べろ。暴徒が雪崩れ込むようなら出るしかないが……」

「それこそ、ラピッド・ドラゴンの使用をお勧めします」

「空港だぞ？」

「しかし、ターミナルの東側は、ほとんどが駐車場と、ホテルです。爆撃しても民間被害は限定できる。逆に二、三発落としてやれば、暴徒は怯む。フィフティ・キャリバー相手にアサルトで応戦するのは馬鹿げています」

「フィフティ・キャリバー相手にミサイルを叩き込むのは警察比例の原則上どうかと思うが。〝ジャズム・ワン〟を呼べ。あとさ、そのマッコード空軍基地に併設している陸軍、フォート・ルイスか。司令部機能と兵站だけとは言え、千人かそこいらの兵隊はいるんだろう？　なんで出て来ないんだ？　これは彼らの戦争じゃないのか？　空軍兵士と合わせれば、たぶん二千人を超えるぞ。眼の前で、M‐16を抱いたカナダの予備役兵が全滅しかけているというのに、ピカピカのM‐4を持った彼らは、知らん顔して見殺しにするのか？　米加関係に罅をいれることになるぞ」

「カナダ人が拝み倒して動かないんですから、われわれが言ってもどうにもならないんでしょうね」

しばらくすると、ボーイングの担当者が乗用車に乗って現れ、バスの類いは拙いだろうから、資材運搬用の露天トレーラーを必要な数だけ用意する。ただし、運転手はそちらで出してくれということになった。

それで十分だった。治安はどうか？　と聞いたら、ここはただの工場で、資材はあっても金目のものも食い物もあるわけではない。普段から警備はそれなりに厳重だったので、幸い襲撃は逃れたとのことだった。

暴徒が暴れ回り、治安が悪化したと言っても、暴徒は単独ではなく、グループを作って襲撃している。彼らなりに学習して、安全に襲撃できる場所、金になる場所とそうでない場所を選別しているとの解説だった。

075型揚陸艦〝海南《ハイナン》〟（四七〇〇〇トン）は、五万トン近い巨艦ながらも、波に翻弄され始めていた。しかも、この巨艦は速度が遅い。艦隊からやや取り残されつつもあった。

護衛艦は僅かで、最大速力で走っていたが、やや心細くもなる。

海軍陸戦隊用に割り当てられた中隊指揮所の作戦室で、中隊長の楊孝賢《ヤンシャオシエン》海軍中佐は、ゲロを吐きそうになるほどの奇っ怪な味のドリンクを飲んでいた。味は最低だが、カフェインが大量に入っていて、眠気覚ましになる。本当は、カフェインは眠気覚ましには何の効果もないという記事を最近どこかで読んだような気もするが、要は気の持ちようだと思っていた。

副隊長の王高遠《ワンガオユエン》少佐が通信室から引き揚げてきて椅子にどっかと腰を下ろした。

「要領を得ない命令でありまして、『次の攻略作戦を立てて提出せよ』、それだけでした」

「何だそれは？　どこに上陸しろとかの指示もないのか？」

「全ては、現場部隊に任せるということでしょう」

「この規模の攻略なら、海軍陸戦隊司令官が座乗していても良いと思わないか？」

「ああそれ、噂を聞いたのですが、高級参謀を乗せると、好き勝手な作戦を立てかねない。だから、現場指揮官のみに留めたということらしいです。まあ、将官連中が、長い船旅を嫌ったという噂もありましたが」

小隊指揮官の張旭光《チャンシューグアン》大尉が口を開いて解説した。

「船旅と言っても、うちは海軍だろう。それに、私だって結構好き勝手にやっているけどな。この命令は、他の二艦の部隊にも届いたのか？」

「いえ。本艦の、われわれのみのようです。それは確認済みです。僚艦部隊とこっそりやりとりして。ちょっと、不満そうでしたね、彼ら。われわれだけ扱き使われているのにもかかわらず」

「そりゃ、二艦の方が人員は多い、いざという決定的な場面のために取っておきたいというのが本音だろう。われわれは所詮、敵の反応を探るための捨て駒だからな。何をどう攻めるべきだと思う?」

「まず、選択肢は二つです」

と張大尉が提案した。

「日本艦隊と乱戦状態に陥りつつあります。この戦力なら、ヘリで飛び立ち、二隻や三隻の軍艦の捕縛は可能です。もちろんヘリ空母も。ヘリ空母なんて、ほぼ非武装ですからね。並走するフリゲイトの影に隠れてヘリで接近すれば良い」

「それは、私も考えたよ。ヘリ空母の奪取は非常に魅力的な作戦だ。だが軍艦の襲撃は、今の鍔迫り合いを超えるホットウォーの戦争行為だ。反撃として、ネイビー・シールズが深夜に、味方の正規空母を制圧に襲撃してくるのは目に見えている」

「では、やはり陸上を狙うしかありませんね。またLAXを襲撃するというのはどうですか? 一度訪れて勝手がわかっているし、LAXは今、ロスアンゼルス復興の拠点となりつつあるそうじゃないですか。支援物資が空路続々と入って。それを止められる」

「大尉、私もその点、大きな疑問なのだが、そのLAXに最大規模の支援物資を送り込んでいるのは、たぶん我が中国機だぞ。日本や韓国じゃない」

「まさか!　アメリカを調略するためにわれわれがこうして派遣されて犠牲も払っているのに、どうしてそんなことをする必要があるのですか?

ロスアンゼルスの復興に中国が手を貸すのは矛盾してます」

「それが二一世紀の複雑な戦争だよな。飴を与えつつ鞭も振るう。中国政府として、北米航空路の安全を保証した以上、空港の占拠は無理だよな。政治的に出来ない。明日明後日、ロスアンゼルスのダウンタウンを占拠せよ、という命令が来る可能性はあるだろうが。他の二艦ではなく、われわれに再び作戦が命じられたということは、目立たず動けということだろうと理解している」

「自分も同感です」

と副隊長が同意して頷いた。

「つまりは、アメリカ政府を激怒させることなく、サラミ戦略で攻勢を仕掛けよ、という意味でしょう。ナイフでひと突きではなく、ブヨでチクチク刺し回れという命令です」

「どこが良い？　サンフランシスコはもはや襲撃するまでもない。あそこはブラックホールと化している。コロラド・スプリングスは平和らしいが、内陸部過ぎるし、テキサス州は電気も水道もあって盤石だ。バンクーバーを襲撃して更に混乱させる余地はあるだろうが……」

まだ熱を持ったプリントしたてのペーパーの束を持った部下が駆け込んで来た。

副隊長がそれを一瞥してから楊に手渡した。

「シアトルの状況です。シアトル空港はほぼ使用不能、マッコード空軍基地は、空軍の輸送機が多少使っている程度ですが、問題はシアトル空港の東にある、ボーイングのレントン空港ですね。日本の輸送機が何機か降りてきました。それと、これはレーニア山系の道路上の衛星写真ですが、軍用トラックが隊列を組んでいます。これも、例の水陸機動団の陸戦部隊です」

中佐は、誘導路上の輸送機を見遣った。

「例のC‐2輸送機だね。これどこから来たの？」

「LAXに留まる領事館情報では、LAXに展開していた水機団部隊が撤収したとのことなので、その部隊だと思います」

「これはでもさ、シアトルの攻略に関しては、ロシアの担当だよね？　しかも上手く運んでいる。例のバトラーは結局クインシー攻略に失敗して戻って来たらしいし。ロシアは、われわれの援軍を求めているのか？」

「いえ、まだです。ただ、自分の見立てでは、水機団部隊はなかなか手強い。クインシーで、万の兵力を持っていたバトラーを退却させたのも彼らですからね。形勢逆転はなくとも、五分の戦いに持ち込むでしょう」

「馬鹿げてませんか？」

と張大尉が口を挟んだ。

「ロスアンゼルスの復興を、海を越えて支援しているわれわれが、一方で、シアトルの混乱を助長するために武器を取るのですか？」

「俺は悪くないと思っているよ？」

と副隊長が応じた。

「LAXは、空港は再開できたが、燃料補給ができない。だから、いったんシアトルに降りて民航機はそこで給油して日本や北京まで戻ってくる。今、そのシアトルでの給油ができなくなり、民航機は、その北のバンクーバーに降りている。だがバンクーバーと言えども、無限に給油が出来るわけじゃない。シアトルをわれわれが制圧できれば、燃料を問題にして、LAXへの民航機派遣を止めさせられる。穏便にな」

「そんな高度な外交レトリックをわれわれが考えるべきなのですか？」

「当たり前だろう。政治は軍事であり、軍事は今やアートだぞ。孫子の兵法を学び直すんだな。今世紀、解放軍は、軍事は科学だと科学教育を推進してきたが、その前に軍事はアートだ。ねえ、中隊長？」

「アートというか、歴史教育だよね。愚者は自己の経験にしか学ばないが、賢者は歴史にこそ学ぶという、あれだよ。では、シアトル上陸の線で作戦を立てるか？　今度は、ヘリの燃料は持つよね？」

「帰りの燃料は、現地調達が可能でしょう。そこいら中、軍事基地と飛行場だらけです」

「フォート・ルイスに火を点け回って退却するか。あるいはその後、レーニア山に登って五星紅旗《ウーシンホンチィ》を立ててくるとか」

「良いですね。居座る前提で出撃しても良い」

「矛盾してますね。前世紀、アメリカ人の仕事を奪ったのは日本だった。今世紀、アメリカ人の仕事を奪ったのは中国で、あげくにフェンタニルもせっせと輸出して、アメリカ社会の内部から蝕んでいるというのに、彼ら99パーセントは、われわれの支援を求めるなんて」

「言葉に気を付けろ大尉。中国がアメリカにフェンタニルを輸出しているという事実はフェイク情報だぞ。われわれは、メキシコ等に、フェンタニルの原料を輸出しているだけだ。それに、今世紀、アメリカ人の仕事を奪ったのは中国じゃない。GAFAMだよ。便利さの裏側で、仕事を次々と奪っていった。われわれは無罪だ」

「では、本国司令部にシアトル攻略の意図を伝えた上で、反対が無ければ作戦を練りましょう！」

「二艦に、ヘリを貸し出すよう伝えてくれ」

　王少佐が席を外すと、張大尉は、「われわれは上級司令部から信頼されているということですか？」と問うた。

「そうじゃないさ。たぶん、他の二艦には、また別の作戦が命じられると思うぞ。あるいはすでに命じられているか。この手の作戦では、右手がしていることを左手は報されないものだ。君も、階級が上がれば、そういう理不尽な現実が理解できる。しかし惜しいな。例の鍔迫り合い。もう少し海面が凪いでいれば、揚陸艦のエア・クッション艇も参加出来たのに。確実に敵の軍艦を足止めできた」

「残念です。軍艦を乗っ取るなんて簡単なのに」

「ま、船乗りの戦いにはそれなりの礼儀というかルールがある。そういうことだろう。お陰で、われわれは沈まずにまだこうして生きている。ドンパチが始まったら、こんな巨艦は、真っ先に的だぞ。われわれは、暗闇の中で冷たい水を飲んで惨めに死ぬ羽目になる。兵隊として、一番苦しい死に方だ。海の藻屑となり、冷たい海底深くに遺体は留め置かれ、骨が回収されることもない。戦わずに勝つのが王道だが、どうせ死ぬなら、私は陸上がいいね」

「はい。自分も全く同感です」

もしシアトルで日本と戦うことになれば、またあの北京語遣いの将軍が出てくるのだろうと楊は予感した。こと臨機応変さに掛けては誰より敏感に動けるつもりでいたが、あの将軍の柔軟さは脅威だ。

数や装備で押せる戦いにはならないだろう。経験と知識がものを言う頭脳戦になる。それこそ、自分が望んでいるものだ……。

江凱《ジアンカイ》Ⅱ型（054A型）フリゲイト〝九江《ジウジアン》〟（四〇五〇トン）は、むらさめ型護衛艦〝きりさめ〟（六一〇〇トン）とすでに三時間の鍔迫り合いを繰り広げていた。

その間、両艦は二回接触した。二回とも軽い接触で、一回は火花が散ったものの、双方それほど酷いダメージは受けなかった。せいぜい、ペンキが剝げた程度だった。

だが、気が抜けない鍔迫り合いは終わる気配が無かった。こちらは機関を全力運転しているのに、向こうはまだ余裕なのだ。自転車とオートバイほどの差は無い。だが、自転車と電動自転車ほどの差はあった。

水平線が暗く落ち込み、ヘリ空母が時々視界から消える。近付いてはいたが、蜃気楼を追い掛けているような絶望的な気分にさせてくれる。

艦長席に座る徐宝竜《シューバオロン》中佐は、今はショルダーハーネスを肩から装着していた。舵を切る度に放り出されそうになる。

ペットボトルの水を二口飲んで、ボトルを副官に手渡した。

副長が、タブレット端末に面白い写真を表示させて見せた。相手軍艦のブリッジを写した写真だった。艦長の顔が写っている。こちらのカメラを睨んでいた。

「私より老けているよな?」

「いやあ、似たような歳でしょう。海洋国家の海軍では、艦長の昇進はだいたい横並びだ。日本の艦長が年寄り、うちの艦長が皆若いということはない。中国海軍が若い分、少しは平均年齢が下がるでしょうが……」

「この男は、なんで海軍なんぞに入ったんだ? 資本主義国なら、もっと稼ぎが良い仕事が山ほどあるだろうに」

「日本は三〇年も不景気が続いているんです。海軍なんて手当がたっぷりだから、自衛隊の中では一番給料が高いはずです。公務員の人気も高いし」

「それは、笑えないな。わが国も公務員人気が高まってきた。不況の動かぬ証拠だぞ。ネットがあれば、艦長のことを検索するのに。どんな街で、どんな家庭に生まれ、どんな小学校に通い、何を血迷って士官学校なんぞに通ったのか。知りたいと思わないか？」

「でも、この艦隊で一番古い艦に乗っているということは、同期の出世頭じゃありませんね。どちらかと言えば、平凡な艦長でしょう。少なくとも、最新鋭艦を与えられる徐宝竜とは違うと見て良い」

「いや、そんな過小評価は止めた方が良いぞ。〝日照《リーヂャオ》〟の馬東明《マドンミン》艦長はどうだ？　ああいうベテランがいてくれるからこそ、艦隊は締まる。しかし、この写真を撮ったカメラは日本製だろう？　最後まで、これだけは敵わないな」

「大丈夫ですよ。もう一〇年もすれば、われわれのスマートホンのセンサーは、こんな重たい何キロもあるデジタル一眼レフの望遠カメラの性能を超えている。そもそも、デジタル一眼レフという存在自体を技術革新で消し去っているはずですから」

その〝きりさめ〟が左舷方向から急接近してきた。向こうから幅寄せしてきたのだ。

「よーし！　堪えろ堪えろ……。まだだぞ、まだ舵は切るな。速度はこの辺りが限界か？」

「この波では無理です！」

と機関部員が叫んだ。

「減速！　減速！　相手を先に出せ！――」

だが、〝きりさめ〟は俊敏に反応した。向こうもほぼ同時に減速したのだ。まるでブレーキでも付いているようだった。

「性能の良い西側のエンジンが欲しいな！　まともなガスタービン・エンジンが」

「せめて、ウクライナの戦争で、中国がはっきりとウクライナの側に付いていたら、われわれはあそこの優秀なエンジニアをごっそり採用できていたんですよ。間違った側に付いたと思いますね」

「それ、外交部とかにご意見してくれ。でもウクライナは、アメリカの調略には協力してくれないよな」

〝きりさめ〟が舳先の前方を右舷側へと横切り、大きな波が襲ってくる。

弄ばれていた。こちらの機関出力が及ばないことを見透かして翻弄してくる。

突然、舵を握っていた操舵員がひっくり返った。バタっ！　という音で、水兵が一人視界から消えたことがわかった。口から泡を吹いていた。

副長が慌てて舵に取り付く。

「衛生兵を呼んで後ろに下がらせろ！　みんなぶっ倒れる前に自分の判断で交代を申告せよ！　私はかまってられないぞ。水分補給もしっかりしろ！」

航海灯を点す敵艦がすぐ左舷側へと舵を取った。

「ま、暗闇の中で航海灯も無く衝突したら、そら責任を問われるよな。いくら軍艦同士とはいえ。本艦も航海灯を点せ！　今夜は長い夜になるぞ……」

すでに、一隻が衝突で戦線離脱して交替。もう一隻が、機関故障で交替していた。だがまだまだ予備戦力はある。こちらの方が有利だ。歯がゆいのは、深刻な衝突事故が発生しているにもかかわらず、こちらを見張っている海自の艦船は、まだ一隻も脱落、交替もないという事実だった。

むらさめ型護衛艦〝きりさめ〟（六一〇〇トン）の艦長・松浦伸吾《まつうらしんご》二佐は、三浦半島の生まれだった。代々そこで暮らしていたらしいが、父親は、横浜の小さな会社に通うサラリーマンで、母親はスーパーのバイトで家計を支えた。

場所柄、沖合を行き交う横須賀の軍艦を見て育った。別に強い憧れがあったわけではないが、お世辞にも裕福とは言えない家計を助けるために、目と鼻の先の防衛大学校へ進学した。決して、成績不良だったわけではないが、一番手グループでも無かった。CSも二度落ちた。

自分のことは、平凡以下の指揮官だと認識していた。自分の部下たちはいつも、どんじりの上官がやって来たと顔に描いていることを理解していた。

だから、松浦は決して怒鳴らないし、威張らない、無理な指導はしないことをモットーとしていた。部下の誰もが、彼のことを人格者だと思ったわけでは無かろうが、分を弁えた男としてやがて慕うようになった。それはたぶん、自分のような平凡な人間が世の中を生き抜くための知恵だろうと思った。

寡黙に任務をこなす男として、将官らからも重宝されていた。

松浦は、いったん敵艦の前に出ると、左舷へブレイクしつつ徐々に距離を取った。息抜きの時間が必要だった。

そして、ブリッジ内を一通り見渡した。もう乗組員の表情はほとんど読み取れない。まだ夜目になる時間帯では無かったが、これからはレーダーと暗視装置が頼りになる。

衝突が目的ではないので、護衛艦の方が先に航海灯を点した。

ブリッジ中央前方の羅針盤の前に取り付く副長の若林海斗《わかばやしかいと》三佐の影が見えた。本来ならCICにいるべきだったが、今そこで出来ることは無かった。若林はバリバリのエリート。父親も護衛艦乗りで、息子を将官に出世させるのが一佐止まりで退役した父親の悲願だった。本人は一選抜。そのせいで、こんな古い艦の駄目駄目な艦長の下に配属されたことに不満ありげだった。

「副長、そろそろ交替を進言しようと思うがどうか？」

「交替？　何をですか？」

「いや、だから、この敵艦に貼り付く役割をさ」

副長が駆け寄ってきた。艦長は一瞬、背後のフリゲイトを見遣った。敵も航海灯を点したようだ。

「艦長！　意味がわかりませんが？——」

「君が言いたいことはわかる。だが、われわれの集中力も限界だ。こんな状況を何時間も継続しては、事故に繋がるぞ」

「接触しても、こちらの方が有利です。それに、敵は、衝突に拠る故障やエンジン・トラブル以外で交替はしていません！　われわれの胆力が試されている時に、自らの意志で下がることには反対です」

「仮に今、このボランチって奴か、その交替を願い出たとして、交替してくれる味方の艦がやってくるのは、一時間二時間後だぞ。クルーは皆限界だ。晩飯も食わなきゃならないし。せめてほんの一時間、肩の力を抜いて休みたいじゃないか？　この長丁場に備えるためだ」

「それを誰より先に、本艦から願い出るのですか？」

「そうだ。私みたいなのが意見具申しなきゃ、君らみたいなエリート艦長の口からは言えんだろう」

艦長は再度、身を乗り出して右舷側後方を窓越しに見遣った。

「こんな緊張、瀬戸内の航海では日常茶飯ではないですか？」

「あそこでは戦争はしてないだろう。上には伝わるさ、副長が反対しただろうことは。『乗組員疲労のため、見張り役、交替の要ありと認む――』〝かが〟にそう伝えてくれ」

「わかりました。自分は反対ですが、そう打電します！」

松浦は、そして女の子二人の父親だった。上も下も受験まっただ中だ。それが終わるまでは死ねなかった。せめて大学入学の晴れの日までは。結婚式も見たいし、孫の顔も拝みたかった。

〝かが〟のFICでは、その申し出を受けて、四群司令の牧野海将補が、「松浦さんらしいな！」と笑った。

「ああ同感だ。こういう役には、彼はぴったりだよね。あの人でなきゃ言い出せない」

と井上も同意した。

「確かに、ここまで厳しい鞘当てになるとは想定外だった。ボランチ役が一番長い艦から交替させよう。夜間は二時間くらいが限界だろうな」

「そうですね。艦が足りると良いが。全艦に、ボランチ交替の命令を出します」

「交替直後の事故にも気を付けろと。しかし、だいぶ押し込まれてきたね。この時間のペースだと、日付けが代わる頃には本艦は包囲状態になるぞ」

「しかし、まだゴール際でのせめぎ合いじゃない。試合時間もたっぷり残っている。前半戦まだ半分を終えた程度ですよ」

「それを考えると気が遠くなるけどね」

〝かが〟は、回避行動を取る度に、大きく傾いた。幸い、速度で優っているせいで、針路はまだ大陸沿岸部へと向いていた。

《東征《ドンチャン》艦隊》空母〝福建《フージン》〟（八〇〇〇〇トン）の

ＦＩＣでは、賀一智《ホヲイーチイ》提督が難しい顔で腕組みし、各艦の配置を電光表示させたチャートを見ていた。

七隻の味方艦が、日本側の七隻と激しくせめぎ合っていたが、勝負が付く気配は無かった。確実に押してはいたが、敵の行き足を止めることは出来ず、ヘリ空母は、まだ東へと向けて突っ走っている。平均時速は三〇ノットだが、記録された最高速度では、三五ノットも出していた。

そして、その間、戦闘機や艦載ヘリの発着艦は一度も無かった。

「こちらは、一隻がエンジン故障と聞いたが、何が故障したのだ？」

「ただ、焼き付いたとしか報告は来ていません。もう一隻が大破で、ただいま排水中です。浸水を止められない可能性があるとの報告が届いたばかりです」

と万参謀長がメモの束を捲りながら答えた。

「こっちは二隻が脱落して交替したのに、日本側は、七隻とも無事なのか？　しかも、こちらの艦を大破させた一隻も無事？　化け物か……」

「二〇〇〇トンの排水量差は馬鹿になりません。そういうことでしょう。しかし、全体としては成功しています。こちらは、包囲網を確実に狭めているし、たとえ脱落する艦がいても、代わりのフリゲイトはまだ一〇隻はいますから。夜半には決着が付くでしょう」

「ヘリ空母の頭すら抑えられないんだぞ？」

「それは、この速度差ですから致し方ありません」

「うちのエンジンさ、いろいろ改良して良くなったよね？」

「はい。フランスやドイツがあれやこれや難癖つけて売ってくれなくなった分、自力で改良して、良い物になりました。そもそも、軍艦が速度に拘ることに合理性はありません。二一世紀に軍艦同士の砲撃戦なんてまず発生しないのですから」

「皮肉だな。そのはずだったのに、われわれはラム戦擬きのことをやってのけている」

「つい昨日まで沿岸艦隊に過ぎなかったわが海軍が、世界最大の海軍と二番目に巨大な海軍相手に互角以上の戦いが出来るようになったのですから、それを誇りとしましょう。日本が、正規空母を持つことはもう無いが、われわれはまだ七隻かそこいらは作れる。米空母並みの巨艦を」

「その空母に乗り込む兵隊がいれば良いが……」

中国の少子高齢化は凄まじい勢いで進んでいる。日本並みか、それ以上だ。その艦隊を動かす兵隊がその頃いてくれるということは、民間に魅力的な仕事がない、つまりは、不景気が続いているということを意味する。

どっちに転んでも、嬉しくない未来だった。


ヘンリー・アライ刑事は、青少年ホームの面談室にいた。ロウソクの炎が揺らぐ中で、伯母と向き合い、ペットボトルの緑茶を飲んでいた。空港から持参したビスケットを食べながら。幸い、地域住民に提供できるよう、段ボール箱を二つ持参していた。

「私たちの文化のルーツは大事にすべきよね」

「でも、うちはほとんど日本茶は飲まなかったですよ。お茶っ葉を捨てるのが面倒だとかで母が嫌っていた」

「そうそう。思い出した。正直、あの人、自分のルーツに対する敬意とか無かったわよね。私それで、実は距離を取ったのよ。そりが合わないというか、別に嫌いじゃなかったのよ。そりゃ、大事な弟が連れて来た奥さんだから、尊重はしたつもりだけれど。でもお葬式に行かなかったのは、そういう理由じゃ無くて、単に歳だったからです。

トシローは何か言っていた？」

「いえ、とんでもない。僕は父に言いましたよ。もうお歳だから、伯母さんにはそこで祈ってくれということで良いんじゃないかって」

廊下の向こうから、市庁舎から放送されているコミュニティFMが流れて来る。パク議員の演説が繰り返し流れていた。党派性が無いと言えば嘘になるが、気高くも格調高いスピーチだった。そこで、アライは、自然な流れで話題を振った。

「伯母さん、昔から教え子に関する記憶はずば抜けていたけれど、パク議員のことはなんで覚えていたの？」

「ああ。あの子、三ヶ月置きに転校を繰り返す気の毒な子で、私が教頭時代に世話したのだけど、彼じゃなく、父親のことが、強烈なインパクトとして残っているのよ。厳格なお父さんだったわ。転校の手続きで会った時に、そういう時って、結構気まずいものじゃない。保護者は、パパッと書類仕事を済ませてさっさと帰りたがる。でもそのお父さんは、学校の施設を一通り見せてくれとか、転校を繰り返すうちの息子に対して、どんな手助けをしてくれるのか？　とかしつこく尋ねるのよ。それで、毎年どこかへ転出し、また戻ってくるわけだけど、私、すっかりお父さんと仲良くなって、厳格な職人というか、大工さんだったわよね。普通ああいう仕事って、役割分担があるでしょう。土台から施工、ペンキ塗りに屋根まで。ところがあの人は、内装以外の全部の仕事を自分できっちりやり上げる人だったのよ。息子には建築学科に行かせて、設計士にしたいと語っていたわ。本人も小さい頃から父親の仕事を手伝って、そりゃ工作の成績とかはぶっちぎりだったわよ」

「じゃあ、御家族もコリア・タウンというかこの辺りに?」

「いえ。彼はほら、まだ赤ちゃんだった頃、韓国から養子縁組という形で渡米して、父親に貰われた。他の子と一緒にね。ある日、その養子縁組を仕切った宗教団体から私の所に連絡があって、ダニエルの保証人になってくれないかと。その時はびっくりして本人と会ったら、こっちで大学進学まで辿り着いたけれど、父親が急死して頼る人間がいない。金銭的な迷惑は掛けないから、保証人というか、身元引受人になってくれと。ずっと気に掛けていたから、抱きしめてやったわよ。父親の死に目には会えなかったと言っていたわ。確か仕事先の、テキサスのどこかって言っていたわね。あの貴方たちが暮らしているアビリーンの近くの街よ。一度名前を聞いたら忘れない小さな町で、スウィートコーン……、何と言ったか」

「スウィートウォーター?」

「そうそう! そこ。父親の遺言で、死んだ町で埋葬しろ、墓を訪ねてくる必要はないとのことだったそうで、たぶん埋葬は、その町のはずよ。彼、あの辺りの学校にも通っているはずよ」

アライは、自分の心臓がばくばくと脈打っているのを感じ取った。

「大統領になれますかね?」

「なってもらわないと困るわ! この分断を食い止めるのは、民主党大統領しかいない。もう黒人大統領は誕生したから、次はアジア系よ。この騒動が終わった時、焼け野原に立っているのはダニエル・パクよ。テキサス州知事のカール・F・リヒターじゃないわ」

「そうなんですか? でもリヒター知事、下半身スキャンダルで少し躓いたけど、人気はありますよ。共和党知事にしては、中道寄りだし」

「冗談はお止し! じゃあどうして、中絶を望むテキサス州の女性は、カリフォルニアまで手術を受けに来るのよ?」

「ああ、まあそこは仕方ないですよね。共和党の政策の根幹だから」

「で、貴方はどうなのよ?　彼女と良い仲なんでしょう?　貴方を見詰める時のあの娘の視線は尋常じゃないわよ」

「でも遠距離恋愛になるし……」

「チャレンジして、失敗すれば良いのよ」

「もう失敗できる歳じゃありませんよ。親父をぬか喜びさせたくないし」

「人生、前向きに考えることね。この歳になって振り返ると、自分の人生は後悔だらけよ。でも、後に残す命があれば、救いになるわ」

ソープの匂いがするチャン捜査官が首にタオルを掛けて現れた。仮設シャワーを使わせてもらっていた。

「有り難うございました!　これでやっとガン・パウダーを落とせたわ。水も、言うほど冷たくなかったですよ」

「ニックは?」

「俺が浴びたら三人分の水を無駄遣いすることになるから止めておくって」

「じゃあ伯母さん。われわれは市庁舎に行ってきます。向こうで寝るかこっちで寝るか、向こうの状況を調べてから決めますから」

「気を付けてよ。治安が良いのはこの辺りだけですから」

アライは、お茶のお礼を述べてから、三人でNVパッセンジャーに乗り込んだ。エンジンを掛ける前、「ビッグ・ニュースです!」と興奮した顔で、父親の墓のことを二人に話した。

「俺たちの足下に眠っていたのか!　令状を取ろう。掘り返さなきゃならん!」

「でもそれ拙いですよね？　遺族に裁判所からの通告が行く」

　とチャンが言った。

「届かなきゃ良いだろう？」とジャレットが平然と言った。

「それは無茶ですよ。行政文書ですから」

「この騒乱で、どうやって届く？」

「えー！　そういう話にするんですか？」

「その文書は、テキサス州から出ることはない。無理だ。まあ、仮に明日明後日この騒乱が治まったとしても、それが州境を越えるのは一ヶ月後くらいじゃないか？　その頃にはもう事件は解決している。あっちのことは、トシローとハッカネン医師に任せよう。で、彼はスウィートウォーターの中学というか高校とかに通ったのか？」

「わかりません。近郊の学校かも知れない。いずれにしても、土地勘があることはわかった。どこかで電話が使えたら、地元署のベテランに電話して、こっそり調べてもらいます」

「慎重にやってくれ。本人にばれたら面倒なことになる。党本部が、弁護士を百人くらい揃えて、ＦＢＩにあらん限りの圧力を掛けてくるぞ。それと、こっちは、あまり良くないニュースだ。さっきＢＢＣで、パク議員の今日一日の行動の動画が流れたらしい。もちろん最後は、援助物資を抱えて市庁舎に凱旋するシーンだ。あれで世界を虜にしたかも知れない」

「どうするんですか！　われわれのせいですよ？　あんな所で人助けなんてするから」

　とチャンが絶句した。

「全くだな。是が非でもわれわれの手で決着を付けるしかないぞ」

　ジャレット捜査官は、また助手席の窓に銃口を立てた。アライは、エンジンを掛けて車を出した。

支援物資の配給があるせいか、全く車が走っていないということはなかったが、ほとんどはトラックやバスなど、行政が用意した車両だった。

第七章　きりさめ

第3水機連隊を乗せた米空軍のC‐17輸送機三機が、レントン空港に着陸してくる。

待田一曹は、〝メグ〟の指揮通信コンソールで、スキャン・イーグルが撮影した地上の赤外線映像を土門に見せた。

「場所はどこよ？」

「タコマの真東、イーナムクローという町から、レーニア山系へ登り始めた辺りですね。すでに平野部は終わっています」

画像では、いくつかの熱源がマーキングされていた。その数、百個ほどあった。システムは、それら百個のマークを移動する毎に追尾していた。

それは人間の塊で、明らかに軍隊的な散開と移動、配置を示していた。

「第2連隊を歓迎する連中だな。でも、水機団も自前のスキャン・イーグルで覗いているんだろう？」

「見えているはずですが、ただし、この画面では見てないはずです」

「どういう意味だ？」

「ほら、陸自普通科部隊に入っている暗視ゴーグルは、ただ、外の景色が緑色っぽく見えてる程度ですよね？　でも米軍が持っているそれは、その映像の中で、熱源や動く物体を、マーキングしてグラスに投影するでしょう？　その差です」

「それ、おかしいだろう。うちもスキャン・イーグルだろう。ちょっと型番は違うかも知れないが」

「うちのは小まめにソフトウェアのアップデートがありますが、自衛隊として買っているのは、買ったきりですから、せいぜい定期のメンテ契約しかサービスには入っていないはずです」

「うちのは何なのだ？」

「うちのは、ある種のサブスク契約を結んでいますから、ソフトウェア込みで、アップデートがある度に、フルのサービスを受けられます」

「なんだ、それは？　動画配信サイトじゃあるまいし。兵隊の命が懸かっているのに、サブスク・サービスとかで金をふんだくるのか？　月極の利用料とか払って」

「今時のメーカー製品なんてそれが当たり前ですよ。でなきゃ儲けも出ない。それで兵隊の命が助かるんですから、安い物です」

「ひでぇなそれ！　水機団指揮所にすぐ連絡して隊列をいったん止めろ。しかしこれは、間違い無く兵隊なんだよな？　避難民じゃなく」

「違います。ＡＩが動きや配置等から全体的に判断します。われわれ人間が目を皿のようにして探し回る必要はもうありません。ショッピング・モールの監視カメラが、行き交う雑踏の中から、不審者を特定するのと同じ理屈です。機械学習による過去のデータの積み重ねとＡＩで、人畜無害な避難民と、武装した暴徒を区別する。これでわれわれの仕事もだいぶ軽減されますよ」

隣に座るレスラーこと駒鳥綾三曹が無線を開いて、ヤキマの水機団本部を呼び出していた。

「たとえば、こういうシステムで、上空からどこかのダウンタウンを見張れば、逃げ惑う万の群衆の中からですら、たった一〇人の暴動扇動者を区別できるのか？」

「最終的に目指すのはそこでしょうね。それを攻撃用無人機に実装させて、巨大なスタジアムや渋谷駅前のスクランブル交差点みたいな場所で、群衆に潜むたった独りの殺人者を空中から狙撃できるようにする。そういう時代がすぐそこまで来ているということでしょう」

「どうする？　この数はちと初陣の相手としては微妙だぞ？」

「ラピッド・ドラゴンで一掃しましょう。幸い住宅は皆無。せいぜい、暴徒が潜むゴルフ場がある程度です」

「また三発しか積んでないのか？」

「今回は三発で十分です」

「それは良いけど。ミサイルの節約にもなるし。ただ、たった三発積むために、Ｃ‐２だハーキュリーズだのは大げさだよな。これ、せめてオスプレイに積めるようなキャニスターは作ってもらえないのか？」

「オスプレイはうちと米軍しか使ってませんからね。米軍がその必要を感じなければ、日本のためだけには無理でしょう。うちのオスプレイにも山ほど仕事があるから」

「わかった。ラピッド・ドラゴンの使用を許可する。〝ジャズム・ワン〟はどこだ？」

待田は、リンク16のデータを表示する別のスクリーンを指し示した。

「ヤキマ上空三〇〇〇〇フィートです。総隊司令部からターゲットの座標が送られます」

Ｃ‐２攻撃機〝ジャズム・ワン〟から、ＡＧＭ‐158ＪＡＳＳＭ‐ＥＲ空対地巡航ミサイル三発を搭載したコンテナが投下された。パラシュートが開いてコンテナの姿勢が安定すると、最下段に積まれていた三発のミサイルが真下へと滑り落ちて発射される。

「勿体無いな。たかだか百キロ飛んで爆発するなら、誘導爆弾で間に合ったのに。〝ジャズム・ワン〟はただちに着陸して次弾を装塡し、空に上がるように。ところで、そのリンク16の西端に映っているのは何だ？」

モニターは、自動的に拡大画面とズーム画面を切り替える。拡大画面になった時、太平洋上で、艦船が密集しているエリアがあった。

「これは、うちの北米支援艦隊が、中国艦隊に鍔迫り合いを挑まれている所です」

待田は、画面を拡大した。

「真ん中にいるのがたぶん〝かが〟ですよね。それを囲むように、中国のフリゲイトが七隻迫っていて、その七隻に、味方の護衛艦が一隻ずつ食らいついて、接近を拒んでいる」

「なんだこれ……。まるでサッカーの競り合いじゃないか？　こんなことじゃ、接触事故が起こるだろう」

「すでに起こっていて、中国艦が二隻脱落しています。うちのはまだ無事なようですが、見る度に、包囲の輪が狭まっているので、〝かが〟が無防備になるのは時間の問題ですね」

「なんでこんな面倒なことをしている。主砲をぶちかませば届く距離だろう？」

「そこはサラミ戦略とか絡むんじゃないですか？　〝かが〟を沈めたら、まず海自が黙っちゃいないし、米軍だって報復に、空母の一隻や二隻撃沈するでしょう。クインシーじゃ、空母艦載機が放ったミサイルが結果として一発も当たらなかったのに、米軍はフリゲイトを一隻沈めましたからね。こちらの報復を招かずに、〝かが〟の戦闘能力を無力化するための作戦でしょう。エネルギーは使うが、実弾は飛ばないから、米軍も迂闊に手は出せない」

「あの国はそこまで抑制的だったか？」

「きっと相手に拠るんですよ」

「あの……、隊長――」

と駒鳥が、スキャン・イーグルの映像に注意を求めた。

シアトル空港ターミナルと道路を挟んで銃撃戦になっていた暴徒らが、一部ターミナル・ビルに取り付きつつあった。

「仕方無い。原田小隊を先行して出発させよ！ヤキマのルグラン少佐に教えてやれ。第一陣がレントンを出発したから、残弾を気にせずに撃ちまくれ！と」

ミサイルがほんの一分飛行して三箇所の目標に命中した。ゴルフ場の一部に新たなバンカーが出来た。少なくともこれで、こちらには見えているぞ、という意思が敵に伝わったはずだ。

それから一〇分後、水機団第2連隊の面々が、下車戦闘で現場を通過した。交戦は全く無かった。助けを求める暴徒らの悲鳴が聞こえてきただけだった。

第2水機連隊は、空港までまだ五〇キロの距離があった。そのルート上でもまた襲撃を受けることになるだろう。


第4航空群第3航空隊第31飛行隊を指揮する遠藤兼人二佐が乗るP‐1哨戒機は、味方艦隊のやや北方を飛行していた。高度は二五〇〇〇フィート。哨戒機が飛ぶ高度ではない。

その高度から、雲の下の海面を監視していた。逆合成開口レーダーが、ヘリ空母〝かが〟の姿を鮮明に捉えている。もちろん、日中の護衛艦フリゲイトの様子も捕捉していた。

中国海軍のＪ‐11戦闘機が前方を飛んで盛んに揺さぶりを掛けてくる。時々、フレアも発射してこちらを脅してくる。

乱気流が発生し、機体が激しく揺れた。陸上から海面すれすれを飛んで来た二機のＣＨ‐47Ｊ大型ヘリが、右へ左へと微妙に針路を変える〝かが〟のデッキに着艦し、何かの荷物を降ろすのがわかった。

その二機は、荷物を降ろした後、すぐ発艦したが、今度は胴体下に何かを吊り下げていた。そのまま〝かが〟を守る護衛艦に飛び、吊り下げた状態の荷物を飛行甲板に降ろして飛び去っていった。

「こんな時に何の宅配ですか？」

と副操縦士の木暮楓一尉が呟いた。彼らの任務は、実は洋上監視ではなく、その大型ヘリが荷物を宅配し終えるまでの間、陽動として中国の戦闘機を惹き付けることだった。邪魔させないために。

「あれは〝マンタ〟だろう。最近ずっと装備庁が熱心に研究していた。われわれもテストに協力したことがある」

「無人艇か何かですか？」

「そういうものだねぇ」

「中国海軍に回収されても大丈夫なんでしょうね？」

と機長の佐久間和政三佐が聞いた。

「確かなことは知らないが、自沈モードがあるという噂だ。タイマーで自沈するのか、環境センサーで自沈するのかは知らない」

そんなに複雑なシステムではないと聞いていた。枯れた技術の寄せ集めで、ウクライナに倣って開発された。使い捨て前提なので、量産も簡単。ＡＩ搭載で、そこは凝ったという話だったが、さて本番で役に立つのかな、と遠藤は思った。

「よし、任務は果たした！　もう少し距離を取ろう」

「艦隊、ますます包囲網が狭まっていますが、大丈夫なんでしょうね？」

と木暮が聞いた。

「とはいえ、空のわれわれに出来ることは何もない。仲間を信じよう！」

Ｐ‐１は、ゆっくりと旋回して艦隊から距離を取り始めた。


むらさめ型護衛艦〝きりさめ〟は、今、〝かが〟から一〇〇〇メートル背後に下がって、真後ろから〝かが〟を守っていた。

松浦艦長は、それぞれの持ち場で戦闘食を食べるよう命じた。松浦も、お握りを一個頬張った後、ペットボトルのお茶を半分ほど飲み干した。

副長に「ちょっとしょんべんしてくるよ」と自室に下がろうとブリッジを出た。すると、副長の若林が追い掛けて来た。

「おいおい、艦長がブリッジを離れたのに副長も離れちゃ拙いだろう？」

「航海長がいますよ。だいたい、こんな後方で戦闘配置も無いもんです！」

若林は、赤い暗視照明の下で抗議した。艦長は立ち止まり、「君が気に食わないだろうことはわかっている。だが、みんな疲れ切っていた」と窘めた。

「ブリッジ要員は交替が利くし、そもそも弱音を吐くような奴はブリッジにはいないでしょう。敵艦より先に後退するなんて言語道断です！　貴方には艦長の資格は無い」

「敵と刺し違えて艦を傷つけたら、勲章でも貰えると思うか？　誰より先に護衛艦の艦長に出世できるとでも？」

「それが非難されるべきことですか？」

「なあ……、君が私に仕えるのはあとほんの半年か一年だろう。それくらい我慢できないのか？」

「肝心要の戦時に時間を無駄にしたくありません！　自分はこの後、一生陰口をたたかれることになる。あの戦いで真っ先に逃げた艦の副長だったと」

「私は気にしない。とにかく、ブリッジに戻れ！　これ以上抗命するなら、他の者と交替させるぞ。私の顔を見たくなければCICを指揮しろ」

艦長は、それだけ言うと自室に引き揚げた。


タコマの米邦人救難指揮所で、三村一佐は、レーニア山やや西斜面上空を飛ぶE‐2D〝アドバンスド・ホークアイ〟早期警戒機が送って遣すレーダー情報を見ていた。

三〇機もの直昇8輸送ヘリが沖合から向かってくる。時々、その上空に奇妙な影が見えるが、恐らくはJ‐35ステルス戦闘機だろう。回転翼の大編隊を攻撃しようとこちらが仕掛けてきた所を叩き墜すためのステルス戦闘機だ。

三村はE‐2Dに、大きく後退するように命じ、逆にこちらのF‐35A型戦闘機を呼び寄せた。

「これ、撃墜しちゃって良いかしら？」とアイコ・ルグラン少佐に質した。

「この状況は、リンク16で、米軍にも見えているわけですよね？」

「もちろんです。あら？　編隊が二つに分かれるようね。一つはこのまままっすぐフォート・ルイス攻略かしら。そしてもう一隊は、シアトル空港制圧ね」

「持ち堪えられますか？」

「カナダ軍の一部部隊が避難したのは、東端のマッコード空軍基地でしょう？　そこまで辿り着くのはまだ時間が掛かるし、フォート・ルイスのことなら、基地で寝ている米陸軍に相手をさせれば良いのよ。知ったことじゃないわ。シアトル空港制圧は、土門陸将補の部隊と同着くらいかしら。水機団二個連隊も向かっているから、一時的に占領できても、手痛い犠牲を払う羽目になるでしょう」

「カナダ軍が潰滅した後にですか？　それはちと困ります」

「どうかしら。大丈夫よ。99の暴徒らは、カナダ軍と自衛隊に挟撃されることになる。直に勢いは収まるわ」

　数が桁違いに多い。素人集団で装備も揃っていないとはいえ、あとほんの五分でも持ち堪えられるだろうかとルグランは不安になった。

　〝かが〟の井上海将は、格納庫に降りて、届いた荷物が荷ほどきされる様子を見守っていた。

　宮瀬一尉と阿木二佐もそこにいた。

「宮瀬君、君が本艦に残ったなんて意外だったね」

「皆さん、そう仰るのですけれど、正直後悔しています。動揺が酷くて、ちょっと船酔いしています」

「ああ。そうだろうね。さすがにこの時化では揺れる。飛行隊長。戦闘機はまだ上がったままなの？」

「いえ。マッコード空軍基地やポートランド、ヤキマ他に降ろして、給油とパイロットのトイレ休憩などを交替でこなしているはずです。自分は気楽です。ただここにじっとしているだけですから。申し訳ないくらいで」

「君らに、沈む前に逃げろ！　と言わずに済むことを願っているよ」

　パレットから出されたものは、ボートだった。天蓋付きのプレジャーボートのような構造だ。

「爆弾とか積めるのですか？」

「もちろん。積もうと思えば一トン爆弾くらいは積めるはずだ。デザインはあれだなあ。もがみ型が搭載する水上無人艇《USV》に似ているなあ。特徴が無いといえば無い。まさに無人艇だ。サイズはだいぶ小さいね。あれの半分あるかどうか。衛星アンテナは前面デッキか……」

「こんなの、よく短期間で量産しましたね」

　と幕僚長の仲野一佐が言った。

「基本的に民間技術の寄せ集めで、キモはＡＩ制御のソフトウェアらしいから、入れ物にそんなにお金は掛かっていないのだろう。たぶんドンガラは、民間のボート会社から既製品を買ったのだと思う。これ、プログラムは全部、本国から衛星経由でやってくれるんだよね？」

「そうでなければ困りますね。そんな暇も要員もいない」

　船体に、Ｂ４サイズのコピー用紙が貼られていた。一枚は、給油とエンジンの始動手順と停止手順が書いてある。もう一枚は、手書きで、「エンジンをかけて、ただ海面に放り出せ！　天地無用」とあった。

「使えるかどうか、賭けるしかないな……。燃料を入れといてくれ」

　二人は半信半疑の顔ながら、ＦＩＣへと戻った。

　艦隊情報幕僚の喜久馬真子二佐が、「そろそろ限界だと思います」と進言した。

「いや、まだだろう。敵艦隊主力との距離は縮まりつつあるが、まだ突っ込める状況では無い。それに、こちらが逃亡の意図ありと誤解させる必要もあるしな。もう少し頑張ってもらうしか無いぞ。四群司令！　繰艦の動きが鈍い艦は、早めに交替させてくれ」

「はい。そうさせています。でも、中国海軍は立派です。まだ最初から張り付いたままのフリゲイトもいる。あれは面子のせいですかね」

「そうかもな。早め早めでボランチを交替させるこちらを笑っているのかもしれん。だが、大事なことは、誰が最後に生き残っているかだ。面子は捨てて頑張ろう！」

　敵艦はどんどん近付いてくる。包囲の輪はまだまだ狭まりつつあった。

　江凱《ジアンカイ》Ⅱ型（054A型）フリゲイト〝九江《ジウジアン》〟の徐《シュー》宝竜《パオロン》艦長は、艦長室で用を足せるだけの余裕は出て来た。確実に敵を追い詰めていたし、明るい時間帯に比べて、敵艦は無理に妨害しようとはしてこなかった。

　向こうは一定時間置きに、張り付く護衛艦を交代させていたが、攻める側のこちらは、自分たちが好きなタイミングで仕掛けられる。そこまでする必要は無かった。

　疲労は心地良く、目指している星がどんどん近付いて来る実感はあった。

「艦長、〝日照《リーヂャオ》〟がヘリ空母の頭を抑えることに成功しました！　左舷側からは、〝宜興《イーシン》〟が回り込みつつあり、敵艦は、もう左右に舵は切れません！　われわれの勝利です！」

　と副長の張凱《ツァンカイ》少佐が報告した。

　徐艦長は、艦長席に上る前に、レーダー・レピーターの暗い画面を覗き込んだ。巨大な影が左舷側を覆っている。僚艦の〝宜興〟はその影で見えないが、前方を走る〝日照〟ははっきりと見えていた。

「さすがベテラン、馬《マ》艦長だ。〝宜興〟の唐《タン》は無茶しなきゃ良いがな」

艦長席に上る前に、左舷側に寄って、ヘリ空母の航海灯を確認した。あれはまさに、暗闇の中で目指すべき星だった。

「停船でも命じますか?」

「その必要はないさ。われわれがこのまま幅寄せし、〝日照〟が減速すれば、嫌でも停船するしか無くなるだろう。さあ最後の詰めだぞ!」

徐艦長より〝宜興〟の唐慶林《チンリン》艦長の方が先に動いた。すでに、〝かが〟のほぼ真横に並んでいた。速度は二八ノット出ている。〝宜興〟に張り付いていた敵のフリゲイトを、増速すると見せかけていっかい前に押し出した。そして、ケツを掠めるように突っ込んでやった。敵艦の右舷側飛行甲板をガリガリ削ってやると、敵艦は慌てて舵を切って離れていった。

「よし! 両舷全速!——、この隙にヘリ空母の横っ腹に突っ込んでやれ!」

と唐は命じた。「本艦が最初のゴールキックを決めるぞ!」と。

その背後に、〝きりさめ〟が迫っていた。こちらも速度一杯で突っ込んでいた。そして速度で圧倒する〝きりさめ〟が、先に舵を切って一瞬速度が落ちた〝宜興〟の真横に突っ込むことが出来た。

松浦艦長は、横に並ぶ寸前に、僅かに取り舵を命じた。舳先が〝宜興〟のブリッジ真横の船体に当たり、火花が散る。その瞬間速度を落とし、〝宜興〟を外側に押し出そうとした。

〝かが〟の巨体が、右舷ほんの三〇〇メートル以内にあった。もはや船体の長さ分の空間しか無かった。

「押し出せ! 押し出せ!——」

〝宜興〟の唐艦長は、取り舵で敵艦から離れると、「まだまだ!——。舳先でぶつかれ!」と再度速度を上げて敵艦に突っ込んだ。

　煙突付近の下に舳先がめり込み、一瞬煙突から炎が上がった。敵艦が一瞬ぐにゃっと曲がったような感じがした。

「これが大航海時代なら、刀を持って乗り込み白兵戦だがな！　このまま押せ押せ。真っ二つにへし折ってやる！」

〝きりさめ〟は右舷側に少し傾いたまま走り続けた。横腹に敵艦の舳先が食い込んだまま。だが、莫大なエネルギーを持つ波の抵抗に負けたのは、奇妙な角度で自分より大きな艦に突っ込んだ〝宜興〟だった。主砲の辺りで船体が折れると、荒波に押されて一瞬で横転した。

　そして〝きりさめ〟の方は、しばらく敵艦の舳先が食い込んだまま走っていたが、ある瞬間にポロリとそれが落ちると、開いた開口部から大量の海水が押し寄せ始め、みるみる船体が傾き始めた。

「副長、残念ながらダメコンは無理だと思うがどうか！」

「はい。同感です。離艦命令を！　しかし、値千金のディフェンスでした！　かがを守った！」

　離艦命令を発するが、艦内は完全に停電していた。この時に備えて、全員が水線上に留まるよう命じてある。ラフトを降ろしている暇はない。そもそも船体が傾きすぎてクレーン作業も無理だ。めいめいで飛び込むように命じるしかなかった。

「副長は離艦の指揮を取れ！　私は機関部の科員を探してくる。彼ら、さっき、主機室に降りたよな？」

　エンジンがまだ動いている振動は聞こえる。機関部員が何名か喫水線上の機関操縦室を出て主機室に降りたはずだった。

　総員離艦の号令が聞こえる中を、松浦はマグライトを右手に下へ下へと降りようとしたが、艦は辛うじて浮かんでいる状態で、横倒しになるのは時間の問題だった。この波であの衝突では仕方無い。むしろまだ持ち堪えていることの方が奇跡だ。突然、ラッタルの下から風が押し寄せて来る。海水が艦内の空気を押し出しているのだ。

松浦は、下へ降りることを断念し、ラッタルを登った。残念だが、今は数秒でも稼ぐしかない。

「済まん！――」と念じて、自分が降りようとしたラッタルのハッチを締めようとした。だが、海水が勢いよく上がってきて、噴水のように湧き起こる。そこに副長が降りてきた。

「早く脱出を！――」

と副長が叫んだ瞬間、海水が下からハッチを叩いて、ハッチごと、弾かれたように松浦を吹き飛ばした。

「行け！　副長！　提督になって親孝行しろ！――」

松浦は必死でハッチを締めようと格闘する。副長は手伝おうとしたが、波に押されて上のデッキへ押し戻された。そこまでだった。

副長が脱出した直後、〝きりさめ〟は横転し、赤い船底を見せて転覆した。〝宜興〟は一瞬で沈んでいたが、〝きりさめ〟はしばらく浮かんでいた。哨戒ヘリが飛び交い、探照灯で照らしながら海面を捜索する。後方にいた護衛艦が一隻救助活動を開始したが、日中のせめぎ合いが中断されたわけでは無かった。

〝かが〟のFICは重い雰囲気に包まれていたが、井上は決断するしかなかった。

「乗組員の無事を祈ろう！　あと三〇分は粘りたかったが、みんなよく辛抱してくれた！　救助艦一隻を残し、全艦、転針。方位はどっちだ？　幕僚長」

「はい、この時点では、方位1《ヒト》-6《ロク》-0《マル》が最適かと――」

「よし、全速で、敵陣に斬り込む！　〝島津の退き口〟作戦開始だ――」

〝かが〟は、大きく面舵を取り、敵主力艦隊、空母三隻が展開する敵陣へと針路を取った。中国海軍は、しばらくその事実に気付かなかった。

格納庫に留まる阿木二佐は、先に発艦する宮瀬機のコクピットに上り、最後の指示を与えた。

「残念だが、艦は変針できない。合成風力は得られないどころか、たぶん追い風になる。それも真後ろからでは無く、少し右舷側からの風だと聞いている。今はな。君なら問題無いだろう。上がったら、J‐11を撃墜しろ。ミサイルをすぐぶっ放していい。こちらが発艦したことを気付かれる前に叩き墜せ。艦隊の動きを読まれたくない」

「今、四機くらいうろうろしてますが、それに四発撃ち込んで良いですか？」

「良い。私がすぐ発艦するから、丸裸の君を守れるし、味方の戦闘機も周囲にいる。守ってもらえるだろう。では無事でな！」

阿木は、グローブを嵌めた宮瀬の左手拳を一回叩いてコクピットを降りた。風防が閉まり、発艦作業が始まった。サイド・エレベーターが降りてくる。トーイングカーでプッシュされ、バックの要領でエレベーターに収まる。

エレベーターを、舞い上がった飛沫が洗っていた。

飛行甲板は、雨が激しく叩きつけていた。こんな天気で、仲間の溺者救助は可能なのだろうか。首を後ろへ回すと、哨戒ヘリのサーチライトがちらと見えた。もう遥か彼方だ。離陸ポジションに出て、エンジンを点火し、通称レインボー・ギャングのチェックを受ける。

そして、パワー全開で発艦する。発艦して脚を格納した瞬間には、宮瀬はAESAレーダーを入れていた。

爆弾倉を開き、四発のAMRAAM空対空ミサイルを次々と発射する。ミサイルは、一直線に空へと向かっていった。

J‐11戦闘機四機の撃墜を確認すると、そのまま高度を抑えて東へと脱出した。

続いて、井上海将は、次の手に打って出た。

「作戦、第2段階、〝釣り野伏せ〟。各艦、マンタを放出！　同時に無線封止開始！――」

もとは、無人攻撃艇として開発途中だった投棄型無人艇〝マンタ〟は、途中でデコイとしての性能も付与されていた。味方護衛艦に似せたレーダーとスクリュー音を発し、三〇ノットで走る。だが本艇の最大の特徴は、AI制御に拠る敵艦との交戦能力だった。

敵艦を認識すると、その追尾を開始する。いかにも、敵艦が近くに潜んでいるように錯覚させるのだ。

そして上空では、遥々入間《いるま》から飛んできたスタンドオフ電子戦機EC‐2が作戦を開始した。敵艦や航空機に対して、上空から広範囲な電波妨害を始めたのだ。

中国艦隊は、徐々にレーダーという眼を奪われ、日本艦隊の居場所を見失っていった。

すぐ眼の前に〝かが〟を捉えていたフリゲイト〝九江〟でさえ、一瞬〝かが〟を見失う羽目になった。

その姿を再度レーダーに捕捉した時は、奇妙なことが起こり始めていた。

〝かが〟を追い掛けているつもりが、逆に〝かが〟が迫ってくるのだ。だがレーダーに反応はない。

ただ〝かが〟が発するレーダー波が見えるだけだ。

一度など、ほんの千メートル左舷を〝かが〟が走り抜けたことになっていた。

全員で外を監視するが、雨が強くて何も見えない。暗視装置も全く役に立たないほど酷い天気だった。

そうやって、中国艦隊は一時間以上も翻弄された。

ヤキマ空港内に設けられた〝北米邦人救難指揮所〟の指揮を執る三村香苗一佐は、突然部屋の端から聞こえて来たフランス語に驚いて顔を上げた。声の主を探した。

カナダ国防軍・統合作戦司令部《CJOC》から派遣されたアイコ・ルグラン少佐が、ターミナルの窓際に立ち、身を捩りながら衛星携帯でまくし立てている。まくし立てるというより、猛烈な早口で怒鳴り、当たり散らしていた。

たぶん、カナダ国防軍本部宛の抗議だろう。

「あの人、フランス語は小学生レベルと言ってなかった？」

「でもフランス人なら、小学生でも口げんか出来ますからね」

P-1乗りの倉田良樹二佐が、リンク16のデータを23インチ・モニターに表示させながら言った。

三村が視線を戻して覗き込んだ。

「これ、全部味方よね？ 〝かが〟が包囲されているけれど？」

「いえ。これは、〝かが〟はもとより、周囲の味方護衛艦含めて全て、囮の〝マンタ〟です」

「そんなはずは無いでしょう。こんな、何というかトリッキーな動きが、たかがデコイに出来るの？」

「一部は、横須賀から意図的に操縦しているはずです。衛星経由で」

「だって、偽電波を出すと言ったって、そもそも大型艦のレーダー出力と、たかがデコイのそれはパワーが違うでしょう?」

「味噌は、展開中のEC - 2電子戦機でして、敵は、ジャミングを喰らっている最中だから、こちらのレーダーや何やらをクリーンに拾えているわけじゃない。そんな中で、パワーが小さいとは言え、付近に敵の電波を探知できたら、それは本物だと誤認するわけです。期待を込めて誤認する。蜘蛛の糸にでもすがりつく。だから〝マンタ〟の使用は、電子戦機とセットだと言えますね。それも、この悪天候だから使える代物です」

「でも、味方に対してまでこんな偽情報を発することはないわよね?」

「このリンク16。どこかで中国軍が盗み見ているかも知れませんからね。本物の艦隊を見たいですか? 味方のP - 1哨戒機は、囮を守っているかのように偽装のコースを取っていますが、その南を飛ぶもう一機がいます。これは中国海軍を監視する目的で、もとから南寄りに飛んでいる奴ですが、レーダーや光学センサーで得た情報を送っている。味方艦隊は今無線封止下ですっ飛ばしていますが、それらの情報を総合した大凡の位置は把握出来ています。リンク16とは別回線で届いています」

倉田は、そのモニターの隣のノートパソコンにそのデータを映した。

「中国海軍が想定しているだろう、味方の針路はこっち……、ほぼ真東ですが、実際の味方艦隊は、そこからとっくに九〇度方向南に変針して、すでに敵の包囲網を脱しつつあります。作戦は成功です。味方艦隊は、戦力で圧倒する敵の裏を掻いて脱出しました。この猛烈な雷雨と、身を捨てて

〝かが〟を守ってくれた〝きりさめ〟に感謝するのみです」

リンク16のモニターには、〝きりさめ〟の沈没地点がまだ左端で点滅していた。

「どうかしているわよ！　貴方たち、こんな野蛮な……」

「ですが、〝かが〟は守りきった。それが全てです！」

倉田は、両手を合わせて頭を垂れ、モニター上の〝きりさめ〟を拝んだ。一人でも多く、できれば全乗組員が無事であることを祈った。

《東征《ドンヂャン》艦隊》空母〝福建《フージン》〟（八〇〇〇〇トン）の賀一智《ホヮイーチィ》海軍中将は、ブリッジに呼ばれて顔を出した。外はもちろん真っ暗闇。

情報参謀の杜柏霖《ドゥバイリン》大佐が、右手で正面のある一点を指差した。

「たぶん、この方角で間違い無いと思います。さっきから、電波妨害を受けているレーダーに映ったり消えたりを繰り返しているのですが……」

時々雷が走り、白波が立つ海面を静止画のように映し出していた。ピカッと光ったその瞬間、艦首前方に、何かの影が見えた。

「何だ？　あれは。〝遼寧《リアオニン》〟か？　こんな近くにいるはずはないよな？」

「ええ、他二隻の空母ははるか彼方です。揚陸艦も。あれは〝かが〟です！」

「冗談はよせ。こんな所にいるわけがないだろう。たぶん一〇〇キロかそこいらわれわれの北東側のはずだ」

また稲光が走った。賀は、我が眼を疑った。間違いない！　確かに、前方に平型甲板を持つ船が走っている。九〇度の航路で交差していた。そのせいで、真横からその艦船を見る格好になった。

われわれは日本艦隊を追って東へと走っているが、その艦は南へと針路を取っているように見えた。

「いったい……、何が起こっている？　なぜ〝かが〟がこんな所にいるんだ？　うちのフリゲイトが包囲していたのではないのか！　どんな手品なのだ」

「追いますか？　戦闘機を飛ばして攻撃もできますが」

「バカを言え！　こんな連中を追い掛けてどうするんだ。次の罠にはまるだけだぞ？　われわれは笑いものにされている。〝九江〟の徐艦長に、君が戯れている相手はヘリ空母じゃない。たぶん何かのデコイだと教えてやれ！　フリゲイトを四隻も失って、この結果とはな……」

全身から脱力した。なぜこんなことが起こっているのかさっぱり理解出来なかった。〝かが〟は、我がフリゲイトに完全に取り囲まれていたはずなのに……。


待田は、スキャン・イーグルが警告を発していることに気付いた。人間が大量に集結しているエリアがあった。ここレントンから、空港へと向かう最短ルート上のジャンクションだった。巨大で複雑なジャンクションだ。そこの空き地に、もとからテント村が出来ていたらしいが、今は、千人かそこいらの暴徒が集結している。つい二〇分前より数が増えており、ジャンクションの橋の上でバリケードの構築も始まっていた。

「ありゃ、ここは突破出来ないぞ……」

「引き返させろ！　北へ大回りさせるのはどうだ？」と土門が声を張った。

「駄目です！　デュワミッシュ川が蛇のようにのたうっていて、橋の数は限られる。北へルートを取ると、キング郡空港をまだ北へ大回りすることになる……」

「あ！　南です。南へ真っ直ぐ下がらせてください」

　と駒鳥が衛星写真に地図を重ねたマップを指差した。

「真っ直ぐ下ると、四キロでバレー・メディカル・センターがあります。左手に林が切れた所で、巨大な病院が見えてくる。そこで右折すると、あとはしばらく一本道。サウス180ストリートを空港へ真っ直ぐ。イケア前、オリリアのビジネス・パーク街を突っ切り、グリーン川のS字カーブに沿って走り、突き当たりは消防署。そこから左折、ちょっと走ってV字コースを戻って林の中を突っ切り、五号線の上を高架で渡り――」

「そこ、人が固まって居るが、この数の暴徒は制圧して踏み潰せるな。住宅街を真っ直ぐ二キロ走って、マリオット・ホテルを掠めて空港正面か！　でかしたぞ、新人――。基本的に直線ルートだ。ガル、原田小隊を誘導しろ」

「そうですね……。五号線上の高架を渡るまでは、敵の気配はないようだ。行けます！」

　第3水機連隊を率いる連隊長の後藤正典一佐と副隊長の権田洋二二佐が乗り込んでくる。

「第1中隊を先行させます！　俺たちの獲物はどこですか？」と後藤が尋ねた。

「そこいら中だ！」

　待田が、スキャン・イーグルの画像をズームアウトして見せる。

「空港、真っ赤っかじゃないですか？　この数、万は居るように見えるが……」

　待田がモノクロの地図を二〇枚ほどプリントした。

「シンプルなルートだ。敵はまだ君らがどこを走るか知らない。病院を過ぎて右折。ひたすらまっすぐ走り、突き当たりの消防署で――、ここはT字路だから迷わない。次のV字が鬼門だが真っ直ぐ走って林、五号線を渡って住宅街を突破。真正面が空港ターミナル・ビル」

「良いですねぇ！　簡単で良い。口頭説明だけで済みます」

「原田小隊がマリオット・ホテルまでは掃討する。ヒルトンがあり、この楔形の巨大な駐車場ビルがあるが……、ガル。ここはもう陥落したんだな？」

「はい。ここの各階から撃たれてカナダ軍が劣勢になっています」

「これ、JASSMをぶちかまして良いと思わないか？」

「そうですね。たかが駐車場ビルですからね」と待田が言った。

「なんですか、これ。七、八階建てはありそうな巨大な駐車場だ……。掃討していたら夜が明ける」

「ああ。都市ゲリラ戦の訓練には使えそうだが、掃討している暇はないだろう。制御崩壊で潰すには巨大すぎるし。〝ジャズム・ワン〟、まだ離陸してないなら、六発くらい弾を込めさせろ！」

「了解。そう伝えます！」

「では、司令官殿。副隊長と通信員を残しますので、出撃します！」

「ちょっと待って下さい！」と駒鳥が止めた。

「ほら、ここ……。169号線を車列が南下しています。このままだと、北上する第2連隊とぶつかります！」

「奴ら、情報が早いな。衛星か、ドローンか……」

「MALEタイプ・ドローンだな。AESAレーダー起動します」

待田がルーフのレーダーを起動すると、すぐ見つかった。空港のかなり南側、高度一〇〇〇〇フィート辺りを飛んでいる中型のドローンがいた。

「スターストリーク・ミサイルの射程外だな。だが、こっちにも飛んでくるだろう。ミサイルの準備を急げ！　例のブラック・オスプレイはこっちに向かっているんだよな？」

黒く塗られたRWS搭載の陸自用オスプレイが飛んでいた。

「はい。ヤキマにすでに着陸。給油中です」

「後藤さん、例のラッキー・ボーイ」

「はい。榊《さかき》小隊ですね！　彼らをここから乗せて、第2連隊の援護に向かわせます。自分は、空港へ向かいます！　副隊長、後を頼む」

「ご武運を」

後藤が〝メグ〟を駆け下りて行く。

「この指揮通信車両、うちも欲しいですね。軽機関銃のエヴォリスと一緒に」

権田がしみじみと言った。

「君らはしかし、本来は、尖閣防衛と台湾支援が任務だからなぁ。ちょっと泥臭い戦場になる」

「二一世紀に、水陸両用車に乗って敵前上陸もありませんよ。報道向けの絵的には格好良いが、全然現実的じゃない」

「エヴォリスくらい、買ってもらえるだろう？」

「いえ。正規部隊の装備品導入は複雑怪奇ですから。他所の国での運用実績がない物は一切買ってもらえません。陸将補殿の部隊は存在しないことになっているし」

〝ジョー〟の隣に据え付けられたスターストリーク・ミサイルが、北へ飛んできたその誰かが飛ばしているドローンに向けて発射された。恐らくは、中国ではなくロシアが運用しているのだろうと思った。

その中国軍の海軍陸戦隊を乗せたヘリ部隊は、

まずフォート・ルイスで一個中隊を降ろし、残る一個中隊がこちらへと向かっていた。残念だが、スターストリークの射程圏外だった。空自のF‐35A部隊が近くにいたが、警察比例の原則を適用し、撃墜は断念された。

第八章　島津の退き口

バトラーことフレッド・マイヤーズＵＣＬＡ元政治学准教授は、シアトル・タコマ空港から道路一本引っ込んだマリオット・ホテルのロビーにいた。この辺りは、空港客を当て込んだホテルやヴィラのエリアだった。

外からは、まるで花火のような銃撃音が響いてくる。撃っているのはもっぱらこちらで、カナダ軍の銃声はほぼ聞こえなくなった。

あちらはベトナム戦争時代のアサルト・ライフル。こちらは、Ｍ‐４やフィフティ・キャリバーまである。勝負にはならない。

ロシア人軍事顧問団、民間軍事会社〝ヴォストーク〟から派遣されたゲンナジー・キリレンコ大尉が、ソファに座ってタブレット端末で映像を見ていた。

カメラに向かって地上から真っ直ぐミサイルが飛んできて、何かがパッと光った所で画像は終わっていた。その動画を巻き戻して、レントン空港から撃たれたことがわかった。

更に、その空港を映した部分を再生して、敵の存在を認知していた。

「このコンテナ車、クインシーでも見たぞ……。例の特殊部隊だ。水陸両用戦部隊とは違う」

「そういう部隊なら、たとえ強力でも数は限られる。戦争ってのは、結局は数だよ大尉。だから国民の頭数で劣勢なウクライナはいつまで経っても勝てないんだ……」

真向かいのソファに座るバトラーは、持論を述べた。そもそもが、ウクライナにロシアが侵攻して以来、プーチンの肩を持ったことで大学を追われた。彼は今でも、それは正しかったと確信しているし、ロシアの最終的な勝利を信じていた。

西側はインフレに喘ぎ、政治はどこも混乱した。とりわけここアメリカは。自分がその台風の眼の中にいるというのは愉快だった。

「ナインティ・ナインを二、三〇〇人、向かわせよう。どうせそこはもう指揮所要員しかいないんだろう？」

「ああそうだ。たぶん兵隊はもう空港へと向かってどこかを走っている。こっちは、解放軍の協力でどうにかなる」

「陸軍にいたんだって？」

とバトラーは、護衛として抜擢された通称〝ゾーイ〟に聞いた。本業動画配信人、〝スキニー・スポッター〟の愛称でネオコン信者の潜入取材を続けるジュリエット・モーガンは、ついにその陰謀論集団の核心に辿り着いていた。

大柄な彼女は目立った。アメリカの白人男性としては、全く平均的な身長のバトラーを、逆にそれで際立たせることが出来た。

ゾーイは、常に右の腰のピストル・ホルスターに右手を宛がっていた。座らず、バトラーの斜め背後に立っていた。その気になれば、このゲスな扇動者野郎を一瞬で撃ち殺せた。

「そこのフォート・ルイスにもしばらくいましたよ」

「じゃあ、私と同じだ」

「あいにくと、陸軍士官学校《ウエスト・ポイント》なんて近寄ったこともない」

「ウープーて所は、気位だけが高い、使い物にならん士官を量産する所だ。私は貴重な青春時代を無駄にしたよ」

アマチュア無線が、パク議員の演説を流していた。

「どう思う？　彼のこと」

「気にもならないですね。こんな安っぽい、今時、スピーチ・ライターが書いた綺麗事が民衆に届くと勘違いしている時点で、民主党は終わっていますよ。世間の現実とずれている。私は、テキサス州知事のカール・F・リヒターの支持者です」

「なんで？　彼、ちょっとひ弱だよね？」

「共和党の大統領候補としてはという意味ですよね。でも、人間味があって良いじゃ無いですか。インターンの女子大生に手を出して反省して見せた後は、女房の尻に引かれてと。民主党は嘘っぱちばかり。共和党の本音が私は好きです。金持ちはもっと豊かに、貧乏人は好きにしろ。アメリカは白人の国だ。黒人だの女だのの権利は認めない。ゲイは失せろ。移民は拒否するが、俺の家のお手伝いはラティーノの不法移民を安く使わせろ！　パレスチナなんて踏み潰せば良いんだよ……、という本音が好きです」

バトラーは眉をひそめた。

「トランプを煮詰めて、どろっと焦げた鍋底を覗いた気分だ」

「でも、貴方の支持者はそういう階層でしょう？」

「そこいらへんは、もう少しオブラートに包まないとな。くどいが、私はトランプとは違うし、トランプを支持するアメリカ人は、トランプほどバカでもない」

小型のクアッド型ドローンが上がって映像を送

り始めた。

「しまった！　ジャンクションの阻止線を躱された。敵がこのホテルの真横を通るぞ……」

　とキリレンコが慌てた。

「今頃は、ロシアの空挺がここを占拠しているはずだったよね？」

「ロシア人の言うことを真に受けるほどウブだったのか？　脱出した方が良い。ここはもう危険だ」

　ジャンクションに固まっている部隊に、レントン空港へ向かうよう命令が出た。

　土門は、ヤキマ空港に着陸した〝ジャズム・ワン〟が、なかなか離陸しないことにやきもきしていた。

「別に燃料補給とかは必要ないんだろう？　なんで離陸しない？」

　衛星携帯を右手に持った娘が〝メグ〟に乗り込んできた。恵理子は、プレート・キャリアにタクティカル・ヘルメットを被っていた。

「米国から、フォート・ルイスの支援要請です。〝ジャズム・ワン〟を借りますよ」

「なんでお前がここにいるんだ！」

「私はシアトル総領事館員よ！　職場に帰るまでのこと。〝ジャズム・ワン〟にもう六発、つまり九発の搭載許可が出たから、それを積んでもらっています」

「米軍基地の安全なんぞ知ったことか！」

　モニターが反応した。ＡＩが新たな脅威を瞬時に判定し、黄色い矢印を点滅させて注意を促して来た。

「このＡＩ、鍛えられた兵隊をまたバカに戻す装置だな……」

　と待田がぼやいた。

「ジャンクションの暴徒がこっちに向かってきます。ミサイル発射で注意を惹きましたね」

「逃げるか?」

「榊小隊の移動手段はオスプレイしかないし、彼らが戦えるなら、ここで数を減らすのも手です」

「いやでもさ……」

と土門は娘を見遣った。

「流れ弾なんて怖くはないわよ！　私にもアサルトを貸して」

土門が心配しているのは娘のことだった。

「仕方無い。ここで応戦する。ブラック・オスプレイにはここぞという所で銃撃させろ。〝ジャズム・ワン〟が上がったら、ひとまず直ちにミサイルを放り出させろ。エヴォリス、まだあったよな?」

「はい。〝ジョー〟の床下に二挺あったはずですが」

「少し移動させて、安全な所にこいつを隠せ！」

土門は、ヘッドセットを腰のレシーバーに繋ぎ直し、傍らのM32グレネード・ランチャーを担いで、コンテナ車を降りた。

「無理しないでよ、歳なんだから！」

普段は小型機が止まっている駐機スペースに、第3水機連隊第1中隊の榊小隊が集まっていた。

土門は暗がりの中で、小隊長を探した。

「榊君、敵が来る！　まずはここを守ってもらうぞ」

新編連隊のラッキー・ボーイとして修羅場をくぐり抜けて来た榊真之介《しんのすけ》一尉が、「ご一緒できて光栄であります！」と敬礼した。

土門はさらに女房役の工藤真造《くどうしんぞう》曹長に、「工藤さん、エヴォリスがライフ・サポート車両の下に入っている。ミニミなんてガラクタは捨てて、エヴォリスを持ってくれ！」と命じた。

「格納庫の屋根に上げますか？」

「いや、的になるだけだ。格納庫自体、ぺらぺらの建物だからな。地べたで戦う」

〝ジョー〟の床下を土門が、自ら開けて見せた。

「そうだ！　これが入っていた。クラスⅣの防弾パネルだ。もう土嚢なんて作っている暇はないぞ。これを展開して陣地を作れ！」

フロアマットのような防弾パネルが折り畳まれていた。ＦＮ‐ＥＶＯＬＹＳ軽機関銃とマガジン・ボックスを引っ張り出す。

「路上に出ます！」

「任せる」

榊らは、空港沿いに走る直線道路へと出て、防弾パネルを立て、陣地を作った。南に七〇〇メートルは見渡せるほぼ直線道路と、軽機関銃向きの射界が確保できた。

待田が、原田小隊が間もなく下車戦闘に入ることを報せてくる。マリオット・ホテルが敵の本拠地になっていることをＡＩが示唆してきた。車の出入りを検知してのことだった。

「ガル！　こちらハンター。マリオットをまず攻略する必要があるが、狙撃手を配置できる場所はあるか？」

「無いです。ない！　その辺りで一番高い建物がマリオットで、そこを見渡すには空港まで出るしかない。マリオット攻略は後回しにして、北側へと迂回して待機。〝ジャズム・ワン〟で駐車場ビルを攻撃します」

「了解。下車、警戒して待機する」

原田は、トレーラーから隊員を降ろして散開させた。この辺りの木立は異様に良く育っていて視界を奪った。一戸一戸の施設の敷地面積は広大で、戦いにくいエリアだった。

リザードこと田口芯太《たぐちしんた》二曹とヤンバルこと比嘉《ひが》

博実《ひろみ》三曹は、装備を持ち、ギリースーツを被って、木立の中の芝地に隠れた。マリオットから車列が出てくる。

ヤンバルは、その車列を暗視双眼鏡で覗いた。ロシアの傭兵たちが先頭の車に乗っていた。

車列の後ろに、フォードの大型SUVが続いて、後部座席の窓が開いていた。

「ありゃ。あれバトラーだぞ」

「間違い無いか?」と田口が聞く。

「間違い無い！　例の傭兵集団が護衛しているし、あれはバトラーだ――」

だが、追い掛けて狙撃しようにも、前後の護衛車に挟まれていた。

待田がすぐその車列をスキャン・イーグルで追い掛けた。ジャンクション方向へと向かっていた。すぐ無線で土門に報告した。

「こちらガル。デナリ、バトラーを発見しました。隊列を組んで北へと向かっています。命令を」

「うーん、どうしたもんかなぁ。スキャン・イーグルで追えるか?」

「専従になります。他の偵察は出来ません」

「JASSMで狙撃できるよな。動くターゲットでも」

「オーバーキルですが可能です。ただし、今、離陸する所なので、投下から命中まで五分以上は掛かります。その間に、車を捨てる可能性がありますす」

「俺たち、バトラーの捕縛に関して米側から正式要請を受けたことはないよな?」

「はい。無いですね」

「残念だが、今回は諦める。バトラーは、優先目標だが、最優先ターゲットではない。暗殺要請を米側から受けているならともかく。カナダ軍救援を優先する――」

「了解です――」

　後で、米側から山のような文句が来るだろうなと土門は覚悟した。だが、あれもこれも他人任せにするからだ。榊小隊のクアッド・ドローンが飛び立つ。敷石を剝がして道路上に並べ始めた。障害物兼、防弾壁だ。

　先頭のピックアップ・トラックが視界に入った途端、エヴォリスが火を噴いた。トラックの荷台に銃架が作ってある。ピックアップ・トラックがハンドル操作を誤って立ち木に激突して出火した。

　〝ジャズム・ワン〟がようやくヤキマ空港を離陸し、どんどん高度を上げ始める。そしてレーニア山上空に差し掛かった所で、ＪＡＳＳＭ‐ＥＲが九発入ったコンテナを投下した。

　三発はすぐ目標座標が入力され、ターミナル・ビル右側の駐車場ビルへと向かったが、残る六発は、上空周回のホールド・モードに入って待機した。無限に飛び続けられるわけではない。一時間前後で攻撃座標を入力する必要があった。

　だが、米軍はすぐ、三発分の座標を遣してきた。フォート・ルイスで交戦中の中国軍部隊に対してだった。残るは三発――。

　駐車場ビルが爆撃されて崩れ落ちる。そこで戦っていた三〇〇名を超える暴徒たちが巻き添えになったが、すでにターミナル・ビルに取り付いた者たちがいた。

　原田小隊は、ビル崩落の埃で視界が奪われる中、それを煙幕代わりに使って空港への前進を開始した。

　原田小隊がターミナル・ビルに取り付いた頃、残る三発のミサイルが目標の座標を与えられて針路を変えた。米軍に拠る座標入力で、自衛隊への報告は事後になった。

　一発は、空港南西外に着陸して攻撃を開始したばかりの中国軍に向かって。もう二発は、ジャンクションに集まる暴徒らに対して。その中には、バトラーが潜んでいる可能性があった。

レントン空港では、路上が瓦礫の山になっていた。ハイブリッド車も何台か混ざっていたらしく、あちこちで車が激しく燃えている。手前で空港内に侵入した賊に対しては、土門のM32が火を噴いた。放物線軌道を描いて空から降ってくる擲弾が、容赦無く人間の皮膚を切り裂いた。

そして留めはブラック・オスプレイだった。黒く塗られた機体の胴体に、大きな赤い日の丸を描いたオスプレイが現れ、リモート・ウェポン・システムの機銃弾をヴィーン！　と唸りを上げて連射した。

日の出はまだだったが、大量の薬莢が空から降って来る瞬間が見えた。敵は、その攻撃で戦意を喪失して引き返していった。

原田小隊も、踏み留まっていたカナダ軍部隊と合流し、各国総領事館の外交官団に、安全が確保されたことを宣言した。

中国軍海軍陸戦隊が、滑走路を越えて攻撃してくることはなかった。

ヘリコプター搭載護衛艦DDH-184〝かが〟(二六〇〇〇トン)を中核とする護衛艦は、中国海軍が敷いた包囲網を突破し、遂に米国の領海内へと到達していた。

遥か彼方に、標高二四二七メートルのオリンポス山の雪を被った頂が見えていた。夜明けを迎えていたが、雲は厚く、朝焼けは無かった。

中国海軍のフリゲイトが更に追跡しようとする素振りを見せたので、日本側は、ビースト・モードで武装したF-35A型戦闘機四機で威嚇し、こ

こからはルールが変わることを警告した。それで、フリゲイトは引き返していった。

〝かが〟の艦上には、救出された〝きりさめ〟の乗組員らが哨戒ヘリで続々と降り立ってくる。ほとんどの乗組員が、横転する直前に飛び込んだが、暗闇の時化のせいで、溺死者は避けられなかった。

最後に、副長の若林海斗三佐を乗せたSH‐60K哨戒ヘリコプターが着艦し、毛布を被った彼一人を降ろしてすぐ飛び去っていった。

北米支援艦隊司令官の井上茂人海将は　風がない艦橋構造物後部の影で、副長を出迎えた。

「報告！——」

「はい。脱出した乗組員の内、一二名が溺死。行方不明が、艦長以下三名。機関長と科員です。恐らく艦内に閉じ込められたままかと」

若林が敬礼した瞬間、毛布が風に飛んで空へと舞った。

「そうか。残念だ。シアトルから、沿岸警備隊の特殊救難隊員を乗せた陸のオスプレイが離陸したが、波が高く、船底への降下は断念した。まだ浮かんでいるが、間もなく沈む。〝きりさめ〟の犠牲は無駄ではなかった。本艦を救った——」

井上は、そこで、「はあ！……」と天を仰いだ。

「松浦艦長を四群にスカウトしたのは私だ。彼はちょっと、最近の海自の艦長としては、珍しいタイプだった。分を弁えているというか。あの謙虚な姿勢は、部隊に良い刺激をもたらすと思った。そして、率先垂範がモットーの君を彼の下に就けたのも私だ。君たちが、そりが合わないだろうことはわかっていた。だが、君にとっては、何か学ぶ所も大きいだろうと期待した。得たものはあったか？」

「はい……、うまく言えませんが、自分が、間違っておりました……。何もかも」

若林の頰を涙が伝った。

「君が、ぶかぶかのセーラー服に水兵帽を被ってお父上の周りを走り回っていたことを覚えている。提督への道は遠いが、それが死んで行った者たちへの唯一の慰めだと思え。彼らがなし得なかった輝かしい未来を手にしろ！」

井上は敬礼してその労をねぎらうと、先に艦内に戻った。

第四護衛隊群幕僚長の仲野正道一佐が待っていた。

「首尾は？」

「はい。救難艦一隻と〝きりさめ〟を除き、全艦敵陣突破に成功。ボランチに当たった護衛艦はボロボロですが、ひとまず緊急にドック入りが必要な艦はありません。タコマ周辺にも、最低限の修理が出来るドックはあるようなので、必要なら一泊入院検査で治します」

「どんな気分だ？」

「はあ……、仲間の犠牲の上に、命からがら、やっと薩摩まで辿り着いた気分です。これは勝利したと言って良いのですかねぇ」

「少なくとも、徳川を震え上がらせたことは事実だ。その後、島津は二五〇年、安泰だっただろう？」

「でも、日本は中国の政権を打倒できるわけじゃない。それに、中国の民主化を二五〇年も待てないでしょう」

「そうだな。今はただ、仲間の死を悼もう」

艦から避難していた戦闘機部隊を収容するため、〝かが〟は風を求めて再び走り出した。

エピローグ

護衛艦〝きりさめ〟艦長・松浦伸吾二佐は、まだ生きていた。

部下と共にひっくり返った船底に辿り着いた。こんな空間、覗いたこともなかったが。機関室まで息を止めて辿り着いた時には、すでに機関長と海曹の二人が、水中を漂っていた。ひっくり返った状態なので、まだあちこちに空気溜りがあった。

松浦は、最初人工呼吸を試みた後、駄目だとわかってから、二人を一人ずつ引っ張って船底へと上った。最初は、空気というか空間がそれなりにあったが、動揺は大きく、圧力も高まって、耳が圧迫された。

油が混じる凍えるような冷たい海水で、数時間耐えた。ドキュメンタリー番組で見た、ネイビー・シールズの訓練みたいだなと思った。時々、声を上げた。大声で歌を歌い、LEDライトを水面に浮かべたまま、二人に話しかけた。

「一人じゃないぞ！ 俺が付いている。じきに誰かが船底を叩くはずだ！」と。

だが、それがないことはわかっていた。こんな時化では無理だ……。

いつも胸ポケットに忍ばせている写真を出した。もうボロボロになった写真だ。近所の公園で、娘二人が遊んでいる時に撮った。最高の構図で、何より、屈託の無い笑顔の二人が可愛かった。

最近、娘たちは笑わなくなった。少なくとも、親の前では絶対に笑わない。たぶん、そういう年頃なのだろう。

だが、いずれご褒美があるとわかっていた。海上自衛隊の礼服を着て、ウエディング・ドレスを纏った娘とヴァージンロードを歩くのだ。それも二回も！　その後には、孫というボーナスまで付いてくる。

せめて、自分が現役のうちにそれを経験したかった。

「ああ済まない、みんな！……。もう還れない」

吐く息が、白く凍り付いて見える。

その日、分厚い雲の下から朝陽が覗くことはなかった。護衛艦〝きりさめ〟は、仲間の護衛艦一隻と、上空を舞う哨戒ヘリに見守られ、ゆっくりと沈んでいった。深度三〇〇〇メートルの深海へと。

平凡をモットーとする父が、娘の結婚式に出席することは叶わなかった。

〈五巻へ続く〉

ご感想・ご意見は
下記中央公論新社住所、または
e-mail：cnovels@chuko.co.jpまで
お送りください。

C★NOVELS

アメリカ陥落《かんらく》4
――東太平洋《ひがしたいへいよう》の荒波《あらなみ》

2024年2月25日　初版発行

著　者　大石《おおいし》　英司《えいじ》

発行者　安部　順一

発行所　中央公論新社
〒100-8152　東京都千代田区大手町1-7-1
電話　販売 03-5299-1730　編集 03-5299-1930
URL https://www.chuko.co.jp/

ＤＴＰ　平面惑星

印　刷　三晃印刷（本文）
大熊整美堂（カバー・表紙）

製　本　小泉製本

Published by CHUOKORON-SHINSHA, INC.
Printed in Japan　ISBN978-4-12-501476-0 C0293

台湾侵攻 8
戦争の犬たち

大石英司

奇妙な膠着状態を見せる新竹地区にサイレント・コア原田小隊が到着、その頃、少年烈士団が詰める桃園国際空港には、中国の傭兵部隊がＡＩ制御の新たな殺人兵器を投入しようとしていた……

ISBN978-4-12-501460-9 C0293　1000円
カバーイラスト　安田忠幸

台湾侵攻 9
ドローン戦争

大石英司

中国人民解放軍が作りだした人工雲は、日台両軍を未曽有の混乱に陥れた。そのさなかに送り込まれた第３梯団を水際で迎え撃つため、陸海空で文字どおり〝五里霧中〟の死闘が始まる！

ISBN978-4-12-501462-3 C0293　1000円
カバーイラスト　安田忠幸

台湾侵攻10
絶対防衛線

大石英司

ついに台湾上陸を果たした中国の第３梯団。解放軍を止める絶対防衛線を定め、台湾軍と自衛隊、“サイレント・コア”部隊が総力戦に臨む！　大いなる犠牲を経て、台湾は平和を取り戻せるか！

ISBN978-4-12-501464-7 C0293　1000円
カバーイラスト　安田忠幸

パラドックス戦争　上
デフコン3

大石英司

逮捕直後に犯人が死亡する不可解な連続通り魔事件。核保有国を震わせる核兵器の異常挙動。そして二一世紀末の火星で発見された正体不明の遺跡……。謎が謎を呼ぶ怒濤のＳＦ開幕！

ISBN978-4-12-501466-1 C0293　1000円
カバーイラスト　安田忠幸

表示価格には税を含みません

パラドックス戦争　下

ドゥームズデイ

大石英司

正体不明のＡＩコロッサスが仕掛ける核の脅威！乗っ取られたＮＧＡＤを追うべく、米ペンタゴンのＭ・Ａはサイレント・コア部隊と共闘するが……。世界を狂わせるパラドックスの謎を追え！

ISBN978-4-12-501467-8 C0293　1000円　　カバーイラスト　安田忠幸

アメリカ陥落１

異常気象

大石英司

アメリカ分断を招きかねない“大陪審”の判決前夜。テキサスの田舎町を襲った竜巻の爪痕から、異様な死体が見つかった……迫真の新シリーズ、堂々開幕！

ISBN978-4-12-501471-5 C0293　1100円　　カバーイラスト　安田忠幸

アメリカ陥落２

大暴動

大石英司

ワシントン州中部、人口八千人の小さな町クインシー。ＧＡＦＡＭ始め、世界中のデータ・センターがあるこの町に、数千の暴徒が迫っていた――某勢力の煽動の下、クインシーの戦い、開戦！

ISBN978-4-12-501472-2 C0293　1100円　　カバーイラスト　安田忠幸

アメリカ陥落３

全米抵抗運動

大石英司

統治機能を喪失し、ディストピア化しつつあるアメリカ。ヤキマにいたサイレント・コア部隊は邦人救出のため、一路ロスへ向かうが――。

ISBN978-4-12-501474-6 C0293　1100円　　カバーイラスト　安田忠幸